어머니日誌

어머니日誌

초판 1쇄 인쇄	2013년 12월 11일
초판 1쇄 발행	2013년 12월 18일

지은이	한 해 천
펴낸이	손 형 국
펴낸곳	(주)북랩
출판등록	2004. 12. 1(제2012-000051호)
주소	153-786 서울시 금천구 가산디지털 1로 168, 우림라이온스밸리 B동 B113, 114호
홈페이지	www.book.co.kr
전화번호	(02)2026-5777
팩스	(02)2026-5747

ISBN	979-11-5585-085-5	03810(종이책)
	979-11-5585-086-2	05810(전자책)

이 도서의 국립중앙도서관 출판시도서목록(CIP)은 서지정보유통지원시스템 홈페이지(http://seoji.nl.go.kr)와
국가자료공동목록시스템(http://www.nl.go.kr/kolisnet)에서 이용하실 수 있습니다.
(CIP제어번호 : 2013026832)

 2012. 8. 27

[오늘 새벽의 꿈]

내가 현장감독으로 있는 어느 공사장으로 한 여자가 일을 하겠다고 옴. 나이는 비교적 젊어 보이나 얼굴에 검은 그림자가 드리워져 있고 옷에 딸린 커다란 모자를 둘러쓰고 있어서 모습을 알아보기는 어려웠음. 여자는 나에게 무언가를 이것저것 물어보는데 내가 대답을 원활히 하지 못하고 좀 당황하자 내게 "서투시군요." 함.

어머니가 돌아가신 지 22일 만에 처음으로 꿈에 오심.

나는 평소 어머니에게 공사장의 현장감독으로 일한다고 말씀드렸음, 일용직으로 이곳저곳 다니며 막일을 한다고 하면 너무 걱정을 하실 것 같아서, 감독이라 직접 일을 하는 건 아니라서 그리 힘들지 않다고. 어머니는 처음에는 그 말을 믿으시고 다소 안도하시는 모습이셨으나, 나중에는 어느 정도 눈치를 채신 듯하셨음, 내가 너무 힘들어하고 종종 실언을 하는 바람에.

그래서 내가 정말 공사장에서 감독으로 일하는지 확인하시려고 어머니가 오신 거야. 그리고 내 부족한 점을 말씀해주셨지.

모습을 가리신 건 아직 오실 때가 안되셨기 때문이야. 내가 너무 서툰 것이 걱정되시어 이르게 오시긴 하셨으나, 남몰래 오신 터라 얼굴을 보이실 수 없으셨겠지. 아무리 얼굴을 가리셨어도, 젊게 보이셨어도, 꿈에서는 어머니를 알아보지 못했으나, 나는 틀림없이 어머니가 오신 것임을 알 수가 있어. 지금도 그 어머니의 체취를 느낄 수 있어. 어머니는 돌아가셨어도 그렇게 나를 사랑하고 계셨던 거야.

 2012. 9. 5

돌아가신 지 한 달

엉정 모심.

 2012. 9. 23

돌아가신 지 49일

사십구재 지냄.
나와 해정이 어머니에게 세 번 절함.
해정이 앞에서 울지 않으려 애를 먹음.

어머니는 나를 너무 사랑하시어 떠나신 거야. 나를 구하시려고, 내게

5

새로운 인생을 주시려고, 나를 위해.

 2012. 9. 30

추석

차례 지냄.
나와 해정이 어머니에게 세 번 절함.
해정이 앞에서 울지 않으려 애를 먹음.

어머니가 이 세상을 떠나셨을 때 내 마음도 같이 떠났다. 나는 이미 절반 이상 이 세상 사람이 아니다.

 2012. 10. 4

[어머니와의 첫 대화]
엄마, 오셨어요? - 오셨다고 하심. 저 천이에요. 엄마 아들 천이, 알아보시겠어요? - 그렇다고 하심.
엄마, 지금 외갓집에 계세요? - 그렇다고. 아버지와 함께 계시는 거에요? - 그렇다고. 아버지와 계시니 좋으시죠? - 그렇다고.

엄마, 제 꿈에 오실 수 있어요? - 그렇다고. 이달에 오실 수 있어요? - 아니라고 하심. 다음달에 오실 수 있어요? - 아니라고. 그럼 올해 안에는 오실 수 있어요? - 그렇다고.

엄마, 지금도 저를 사랑하세요? - 그렇다고. 제가 지혜롭게 살아갈 수 있도록 도와주세요. 그러실 수 있죠? - 그러신다고 하심.

 2012. 10. 5

돌아가신 지 두 달

 2012. 10. 14

너무 애착을 갖게 되면 자연의 시샘이 일게 마련.

 2012. 10. 21

[대화]

엄마, 저와 함께하셨던 인생이 행복하셨어요? – 그렇다고. 제가 이젠 세 아들 중의 하나인가요? – 아니라고. 제가 아직도 엄마의 유일한 아들인가요? – 그렇다고.

 2012. 10. 30

일용직에서 퇴출됨. 막일을 하러 왔으면 무슨 일이든 다 해야 한다는 그 말, 동의함.

 2012. 11. 2

[대화]

엄마가 그렇게 돌아가신 건 우리의 인생이 여기까지라는 의미인가요? – 아니라고. 제게 새로운 인생을 주시기 위해선가요? – 그렇다고. 엄마가 안 계신데, 새로운 인생이 무슨 소용이 있나요…

 2012. 11. 4

그래서 어머니가 돌아가셨나 봐. 내 전부였기에, 돌아가셨나 봐.

너무 간절히 원하면 떠나버리고 말아.

어머니, 문득 숨이 막혀요. 어머니가 안 계시다는 사실이 저를 숨막히게 해요.

어머니, 우리는 여전히 세 식구이고, 항상 함께하고 있다고 말씀해주세요.

오늘은 해정이도 말이 없고, 둘 다 서로 말이 없구나. 눈시울만 붉힐 뿐…

2012. 11. 5

돌아가신 지 세 달

그동안 어떻게 살았는지 몰라.

이 겨울을 넘길 자신도 없고, 새해를 맞을 염치도 없다.

2012. 11. 9

불행해도 어머니 곁에 있고 싶어. 어머니와 함께 불행하고 싶어.

2012. 11. 12

[대화]

엄마, 오늘 우리 세 식구 함께 올림픽공원에 다녀왔지요? – 그렇다고.
해정이가 그네를 다 탔네요.

예전에 늘 천이 없이는 못 산다고 하셨는데, 지금도 천이 없이는 안되
시나요? – 무응답. 이제는 천이 없이도 지내실 수 있어요? – 무응답.

내일이 엄마 돌아가신 지 백 일이네요. 엄마가 좋아하시는 음식 좀
준비했어요. 오셔서 맛있게 드세요. – 그러신다고.

오늘은 비가 오네요. 엄마 계신 곳에도 비가 오고 바람이 부나요? –
아니라고.

2012. 11. 13

돌아가신 지 100일

백일재 지냄.
나와 해정이 어머니에게 세 번 절함.
올림픽공원에서 해정이 그네 타는 동영상 보여드림.

어차피 유한한 이 세상, 어머니가 조금 먼저 가신 거야. 나는 잠시 더 머무는 거야.

[대화]

엄마, 오늘이 벌써 돌아가신 지 백 일째 되는 날이네요. 저희들이 준비한 음식은 맛있게 드셨어요? – 그러시다고. 날이 쌀쌀해 천호공원에 다녀오며 가슴에 안아 모셨는데, 따뜻하셨어요? – 그렇다고.

엄마, 저는 영원히 다른 누구의 자식이 되는 것도, 부모가 되는 것도 포기하고 오로지 엄마의 아들로 남겠어요. 엄마도 영원히 오직 저와 해성이의 어머니로 남아 계신다고 약속하실 수 있어요? – 약속하시다고. 고마워요, 엄마. 이제부터는 엄마 말씀만 듣겠어요. 오늘은 마치 엄마가 살아 계신 것 같아요.

 2012. 11. 16

[대화]

엄마 생신이 2월 5일이죠? – 아니라고. 2월 9일이죠? – 아니라고. 2월 10일이죠? – 아니라고. 2월 15일이죠? – 아니라고. 2월 11일이죠? – 그렇다고…

여러 번 여쭤보아도 모두 같은 대답. 생신을 정확히 알고 계심.

 2012. 11. 17

대화의 일관성 사실성 진정성 등으로 어머니의 존재감 확인. 어머니가 분명히 계시다는 데에 일단 안도. 그리고 우리의 영원한 모자관계를 약속하셨어.

어머니와 대화를 할 수는 있어도, 어머니 손을 잡아볼 수는 없어…

[대화]

엄마, 오늘 우리 세 식구 석촌호수에 다녀왔어요. 늘 같이 다니시니 좋으세요? - 그렇다고. 해정이는 밤에 자다 꼭 한두 번 일어나 오빠를 깨워요. 엄마가 보고 싶은가 봐요.

아침에 일어나는 것이 제일 힘들어요. 엄마 안 계신 세상에 다시 나와야 한다는 사실이 저를 절망케 해요.

 2012. 11. 20

[오늘 새벽의 해정이 꿈]

엄마가 오셔서 덮고 있는 이불을 위로 당기셨다고.

새벽에 신음소리를 내 깨워보니 눈에 눈물이 그렁그렁. 당황한 표정.

이불을 위로 당기신 건 무슨 의미일까. 이달에는 못 오신다 하셨는데, 해정이에게는 어떻게 오셨을까.

해정이 어젯밤 늦게까지 잠을 못 이뤄. 잠깐 자다 말고 일어나 상기된 얼굴. TV 조금 보다 다시 잠자리에 들고…

아침에 보니 어젯밤 어머니 덮어드린 이불이 밑으로 조금 내려와 있어. 처음 있는 일. 손댄 적 없어.

[대화]

엄마, 지금 외갓집에서 할아버지 할머니와 함께 계세요? – 그렇다고.
아버지도 같이 계시는 거에요? – 그렇다고. 아버지와 같이 계시니 좋으시죠? – 그렇다고.

얼마 전부터 어머니일지를 쓰고 있어요. 엄마에 대한 제 마음을 정리해놓는 거에요. 읽어보시면 천이 마음을 아실 수 있을 거에요. 언제든지 오셔서 읽어보세요. – 그러신다고.

2012. 11. 23

[대화]

감기로 병원에 다녀오느라 오늘은 모시고 나가지 못했어요. 감기에 걸린 건 최근 몇 년 사이 처음이네요. 심하지는 않으니 너무 걱정하지 마세요. 보일러 많이 올려놓았어요.

문득 국민학교 6학년 때가 생각났어요. 중학교 입시로 매일 밤 늦게까지 수업해 엄마들이 많이 데리러오셨죠. 그날도 엄마가 오셔서 교실 밖에서 기다리고 계셨는데, 제가 시험에서 일 등을 해 일 분단 제일 앞자리에 혼자 앉아 있었죠. 엄마에게 즐거움을 드린 적도 있군요. 그때 엄마 연세 서른여덟, 너무도 젊으셨죠…

벌써 강원도에는 큰 눈이 왔어요. 일찍 주무셔요. 저도 오늘은 일찍 잘게요…

2012. 11. 24

내 인생은 결코 단순하지 않아. 감정에 휩싸이지 말고, 항상 내 생각을 경계하라고 했지. 거기에 날름거리는 악마의 혓바닥을 보아야 해.

 2012. 11. 28

[대화]

오늘 우리 세 식구 다 같이 은행에 다녀왔지요? – 그렇다고. 엄마가 은행에 가보신 건 참 오랜만이네요. 제가 근무하던 은행이에요. 합병해서 이름은 바뀌었지만, 예전에 일하던 신탁은행이에요. 퇴직한지 오래 되었어도, 전 직원이라고 지금도 송금수수료를 면제해주고 있어요.

오는 길에 천호공원에도 들르셨죠? – 그렇다고. 공원도 오랜만에 가보셨어요.

집주인이 방 얘기를 하네요. 비워주었으면 하는데, 아마도 기한이 되면 월세를 올릴 모양이에요.

엄마 옷, 엄마 것, 모두 그대로 있어요. 모자는 해정이가 쓰기도 하구요. 하나도 버리지 않았어요. 자리도 앉으시던 그대로구요. 우리는 여전히 세 식구에요.

 2012. 11. 29

또 눈물이 나면 안돼. 그런데 나는 눈물을 멈출 수 없어. 어머니는 나에게 눈물 그 자체인 걸. 생각만 해도, 불러만 보아도, 얼굴만 떠올려도 눈물이…

15

어머니에게 했던 수많은 행복에 겨웠던 말들이 이제는 다시 총알처럼 내 가슴에 날아와 박히고 있어.

2012. 11. 30

[대화]

엄마, 내일 아침은 영하 5도래요. 보일러 올려놓았어요. 엄마도 따뜻하게 계시죠? – 그렇다고.

이제 오늘 밤만 지나면 12월이네요. 엄마가 오시면 손 잡아보고 싶어요. 오셔서 천이야 하고 불러주세요.

2012. 12. 2

[오늘 새벽의 해정이 꿈]

어머니가 한복 치마저고리를 입으시고 해정이에게 오셔서 손을 흔드심.

지난달 20일에 이어 어머니가 해정이 꿈에 오심.

왜 해정이에게만 오시는 걸까. 손을 흔드신 건 반갑다는 인사일까. 작별의 인사이어서는 안돼.

[대화]

엄마, 지난밤 해정이 꿈에 오셨죠? – 그렇다고. 손을 흔드신 건 반가
움의 인사인가요? – 그렇다고. 엄마, 우리를 떠나셔서는 안돼요.

엄마가 저를 위해 돌아가셨을 거라는 생각을 했어요. 하지만 저를 위
해서라면 그냥 제 곁에 계셨어야죠. 제겐 엄마가 전부였다는 걸 모르셨
나요? 잘 알고 계시잖아요, 우린 서로에게 모든 것이라는 걸.

엄마가 돌아가신 이후 지금까지 제가 어떻게 살아왔는지 아시죠? 해
정이는 또 어떻구요. 그리고 앞으로 또 어떻게 살아가야 할까요. 돌아
가신 다른 연유가 있다면 말씀해주세요. 꿈에 오셔서 말씀해주세요.

 2012. 12. 3

[대화]

엄마, 오늘 우리 세 식구 백화점에 다녀왔죠? – 그렇다고. 비가 오고
날이 추워 잠바 속에 모셨어요. 엄마를 가슴에 품으면 엄마의 심장 뛰
는 소리가 들리고, 엄마의 체온을 느낄 수 있어요.

저는 엄마가 매일 밤 제 꿈에 와주셨으면 좋겠어요. 그렇게 해주시면
항상 엄마와 함께 있는 것으로 생각하고 살아갈 수 있을 것 같아요.

2012. 12. 4

엄마, 오늘 첫눈이 왔어요. 엄마가 한여름 제일 더울 때 돌아가신 게 엊그젠데, 벌써 눈이 오고 겨울이네요.

2012. 12. 5

돌아가신 지 네 달

[대화]

오늘이 엄마 돌아가신 지 꼭 넉 달 되는 날이네요. 그동안 계절은 여름에서 겨울로 완전히 바뀌었어요. 어제 첫눈이 조금 왔고, 오늘은 눈이 아주 많이 왔어요. 해정이는 눈비만 오면 엄마 유골이 젖는다고 걱정이에요. 엄마 유골을 유택동산에 모셔드리고 온 것이 마음에 걸리나 봐요. 그때는 우리도 곧 엄마를 따라갈 생각이어서 모셔오지 못했어요. 이렇게 남아 있을 줄 알았으면 어떻게든 모셔오는 건데요. 엄마와 같이 가고 싶었는데, 그것도 마음처럼 안되나 봐요.

엄마, 자가용 타고 싶지 않으세요? 살아 계시면 지금쯤 눈만 내놓고 자가용 타고 동네 한 바퀴 돌고 하실 텐데, 이제는 제 품에 안겨 안 가보시던 곳 다 가보시네요. 엄마 모시고 해정이 데리고 여기저기 많이 다닐 거에요. 그동안 못 보여드린 것 다 보여드릴게요.

모든 일을 엄마와 상의해서 할 거에요. 엄마도 저와 상의하셔야 해요? - 그러신다고. 엄마, 절대 윤회에 들지 마세요. 제가 갔을 때 엄마가 안 계시면 안되니까요. 제가 갈 때까지 외갓집에서 잘 계서야 해요.

2012. 12. 6

[오늘 새벽의 꿈]

어머니 꿈을 꿈. 생전의 모습. 내가 엄마 엄마 하면서 팔로 안으며 얼러드림.

[대화]

엄마, 오늘 새벽 제 꿈에 오셨죠? - 그렇다고. 예전의 모습이네요. 엄마 살아 계실 때 엄마와 재미있게 지내던 모습이에요. 돌아가신 이후의 모습은 아직 뵌 적이 없어요. 해정이에게는 다녀가셨는데, 엄마가 지금 어떠신지 저도 보고 싶어요. 엄마 손도 잡고 싶고, 천이야 하고 부르시는 음성도 듣고 싶어요.

오늘 아침에 영하 10도 이하로 내려갔는데도 세탁기가 잘 돌아가네요. 오늘은 모시고 나가지 못했어요. 해정이도 밖에 못 나가 그런지 좀 시무룩하네요.

2012. 12. 8

어머니는 돌아가셨어도 지금 내 곁에 계시다. 이젠 정말 우리와 웃고 대화하고 식사하고 하신다. 그리고 같이 주무시고, 어디든 같이 다니신다. 내 수호신으로 다시 돌아오셨다.

[대화]

엄마, 오늘 날이 좀 추워도 모시고 나갔는데, 괜찮으셨어요? – 그렇다고. 오바 안 잠바에 품어 모셔서 춥지는 않으셨죠? – 그렇다고. 백화점은 토요일이라 사람들이 많죠? – 그렇다고. 구경은 잘 하셨어요? – 그렇다고. 살아 계실 때 같으면 오늘 같이 추운 날은 밖에 나가실 생각도 못하실 텐데, 돌아가셔서 더 많이 다니시네요.

내일 아침도 영하 13도래요. 추우니까 치마저고리만 너무 입지 마시고 옷 따뜻하게 입으세요. 엄마 옷 그대로 다 있어요. 엄마, 이제 주무셔야죠. 천이도 잘게요. 엄마, 코 주무세요. – 그러신다고. 사랑해요. – 엄마도 사랑하신다고.

2012. 12. 9

어머니가 돌아가셨을 때는 눈물도 나지 않았어. 이튿날 입관하실 때 처음으로 눈물이 터져 나왔어. 이후로 내 눈은 폭포수가 되었지. 눈물은 이 세상에 다 쏟아놓고 갈 거야. 어머니에게 가서는 울지 않을 거야.

 2012. 12. 10

어머니는 왜 그렇게 오셨다 그렇게 가셨을까. 연출은 누구일까. 연출의 의도는? 그래, 우리가 한 것은 연극이야. 이제 연극이 끝났으니, 어머니와도 다시 만날 거야.

 2012. 12. 11

[오늘 새벽의 꿈]
검은 옷을 입은 건장한 청년들이 내 주위에 모여들더니 나에게 어디로 가자고 하는 듯.

[대화]
오늘 아침에 검은 옷을 입은 청년들이 저를 어디로 데려가려는 듯한 꿈을 꾸었어요. 엄마도 검은 옷을 입은 사람들이 데려갔어요? – 아니라고.

엄마, 저는 이 지상에 정해진 업도 없고 서툴고 나이도 적지 않은데, 이런 제가 이 세상에서 살아갈 수 있을까요? - 그렇다고.

이제 주무셔야죠. 코 주무시고, 꿈에 한 번 오세요. 엄마, 보고 싶어요. 사랑해요. - 엄마도 사랑하신다고.

 2012. 12. 12

[대화]

엄마, 제가 어머니일지 쓰고 있는 것 알고 계시죠? - 아신다고. 엄마에 대한 제 마음을 기록해놓고 있어요. 엄마에게 직접 말씀드리지 않은 것도 다 기록하고 있으니 이걸 보시면 제 마음을 모두 아실 거에요. 언제든지 와서 보세요.

 2012. 12. 13

어머니는 늘 옆에서 주무셨는데… 지금도 옆에서 주무시고 계실 거야.

[대화]

엄마, 무슨 일이 있어도 제 손을 놓지 말라는 말씀 못 들으셨어요? 살아 계실 때 항상 저는 혼자 그렇게 말하곤 했어요, 결코 제 손을 놓지 마시라고. 그런데 그렇게 쉽게 놓고 가셨네요. 엄마, 더 꼭 잡으시지 그러셨어요, 제가 딸려 가더라도요.

해정이가 어제 테크노마트 전망대에서 얼음에 넘어져 무릎이 아픈가 봐요. 맨소래담 로숀 발라주었는데, 내일 더하면 한의원에 데려가 침이라도 맞게 해야겠어요.

이제는 해정이에게 눈도 못 흘겨요. 조금만 뭐라고 하면 엄마 처다보며 울어요. 엄마 역성 들어달라는 거지요. 해정이는 지금도 엄마 베개를 끌어안고 자요. 여전히 엄마와 같이 자는 거지요.

엄마, 그동안 경황이 없어 어른들 안부도 못 여쭤보았어요. 할아버지, 할머니도 잘 계시죠? – 그렇다고. 할아버지, 할머니, 아버지에게 안부 전해드려주세요.

2012. 12. 14

[대화]

엄마, 해정이는 무릎이 아프다고 하다가도 같이 나간다고 하면 안 아프다 그래요. 그렇게 밖에 나가는 걸 좋아하는데, 그동안 데리고 다니지 못했어요. 오늘은 피씨방에도 같이 가보셨죠? – 그렇다고. 해정이도 처음이에요. 제가 간혹 가는 피씨방이 그런 곳이에요.

엄마, 저희 옷 따뜻하게 입고 다녀요. 걱정하지 마세요. 엄마도 따뜻하게 계서요. 제가 사다드린 삼중내의 저기 있는데, 입으시면 좋을 텐데요.

이 세상에서건 저세상에서건 하나만 선택하라면, 저는 엄마를 선택하겠어요. 제 목숨보다 더 엄마를 사랑해요. 엄마가 부르시면 언제든지 가겠어요.

 2012. 12. 16

[대화]

엄마, 오늘 이발하고 왔어요. 석 달만에 했는데, 엄마가 보시기에 어떠세요. 이발이 잘 된 것 같아요? – 그렇다고.

저는 아무래도 우울증에 걸렸나 봐요. 엄마 돌아가시고 우울증이 온 것 같아요. 종종 저 자신이 통제가 안돼요.

 2012. 12. 17

[대화]

엄마, 오늘 해정이 커트했어요. 엄마도 미용실에 저희와 같이 다녀오셨죠? – 그렇다고. 주인이 엄마는 안 오시느냐고 물어보길래 어디 좀 가

셨다고 했어요. 엄마 생각난다고 했어요. 엄마도 다 보고 들으셨죠? -
그렇다고. 사람들에게 엄마 돌아가셨다는 말을 차마 못하겠어요. 수퍼
에 전화할 때도 여전히 할머니 댁이라고 해요.

엄마를 알고 싶어요. 오십 년 넘게 엄마 곁에 있었지만, 이렇게 가시
고 나니 엄마를 모르겠어요. 엄마는 누구세요? 누구신데 그렇게 오셨
다 그렇게 가신 거에요. 그리고 저를 이렇게 힘들게 하시는 거에요. 누
구세요, 엄마는? 알고 싶어요, 엄마가 누구신지. 저요? 저는 엄마 아들
이죠. 뼛속부터 영혼까지 엄마 아들일 뿐이죠.

엄마, 저는 마음의 병이 깊이 들었어요. 그냥 두면 몸이 병드는 건 시
간문제에요. 이제 혼자서는 극복하기 어려워요. 엄마가 어루만져주시지
않으면 나을 수 없어요.

 2012. 12. 18

[편지]

할아버지 전상서

할아버지, 저 천입니다. 외손자 천이 아시죠? 너무도 오랜만에 인사를
드립니다. 할머니도 강령하시죠?

어머니가 외가로 가신 것으로 알고 있습니다. 할아버지, 저는 할아버
지의 귀한 따님이신 어머니를 생전에 잘 모시지 못했습니다. 평생 씻지

못할 불효만을 남겨드렸죠. 제가 어떻게 얼굴을 들고 할아버지를 뵐 수 있겠어요. 그럼에도 이렇게 할아버지께 글을 올리게 된 것은 역시 못난 저 때문이지요.

할아버지, 어머니는 저세상으로 가셨지만, 저는 어머니 없이는 이 세상에서도 저세상에서도 머물 수가 없어요. 다만 꿈에서라도 잠깐씩이나마 어머니를 뵐 수 있다면, 어머니가 여전히 곁에 살아 계시는 것으로 생각하고 이 세상을 살아갈 힘을 얻을 수 있을 것 같습니다.

할아버지 앞에 갔을 때 내리시는 벌을 반드시 받겠습니다. 염치 불고하고 할아버지께 부탁드리오니, 부디 어머니를 제 꿈에 보내주세요. 무슨 문제가 있다면 할아버지께서 해결해주시고 어머니가 제 꿈에 오실 수 있도록 해주세요.

할아버지, 부디 이 못난 외손자를 가여이 여기시어 어머니를 보내주세요. 꿈에서라도, 잠깐씩이라도 어머니와 함께 살게 해주세요. 내내 평안하시고 강령하시기를 빌겠습니다.

2012년 12월 18일 (오후 10시 32분)

불효 외손 천 올림

 2012. 12. 23

어머니는 나의 모든 것. 어머니를 잃고도, 그러고도 나는 살아가야 하나.

2012. 12. 24

[대화]

엄마, 올여름은 그렇게 덥더니, 올겨울은 또 이렇게 춥네요. 오늘 한 강이 예년보다 이십 일이나 빨리 얼었대요. 엄마가 계신 그곳도 춥고 더운 게 있나요? – 아니라고.

오늘은 하루 종일 더 우울했어요. 아까 수퍼에서 계산원과 큰소리 낸 것 다 보고 들으셨죠? – 그렇다고. 사소한 일에 그만 큰소리가 나오고 말았어요. 우울증이 더 심해지는 것 같아요.

추모공원에서 그 불구덩이 속으로 어머니를 밀어 넣을 때, 그 내 심정을 누가 알리요.

2012. 12. 26

[대화]

엄마, 돌아가시고 얼마 안되어 꿈에 제가 공사장 감독으로 일하고 있는 데로 일하시겠다고 오신 적 있으세요? – 선뜻 대답을 못하심. 엄마, 그런 적 있으세요? – 그렇다고. 그러시군요. 꿈에서는 얼굴을 가리시어 몰랐는데, 깨고 나니 엄마가 오신 걸 알게 되었어요.

엄마, 이제 금년도 며칠 안 남았어요. 엄마가 어떠신지, 더 늙으셨는지, 젊어지셨는지, 보고 싶어요. 전에는 해정이 꿈에도 자주 오셨는데 요즘은 안 오시네요. 해정이에게도 자주 오셔서 다독여주세요. - 그러신다고.

2012. 12. 29

[대화]

엄마, 오늘 우리 세 식구 같이 눈 내리는 올림픽공원을 한 바퀴 돌았죠? - 그렇다고. 처음이네요. 살아 계실 때 그렇게 한 번 모시고 나가지 못했어요. 아까 지하철역에서 엘리베이터로 올라가는데 해정이가 엄마도 이렇게 모시고 다녔으면 좋았을 거라고 했어요. 함박눈이 펑펑 내리는 공원길을 우리 세 식구 우산을 같이 쓰고 걸어본 게 처음이에요. 어떠세요. 눈 내리는 공원 산책, 좋으셨어요? - 좋으셨다고.

2012. 12. 30

[편지]

아버지 전상서

아버지, 아버지는 언제 돌아가셨어요? 오래 전부터 아버지는 잊고 지냈고, 언제 돌아가셨는지도 몰라요. 그게 아버지에게 편하실 것 같았어요. 언제부터 외갓집에 계시는 거예요? 그리고 지금도 외갓집에서 어머니와 함께 계세요? 그렇다면 제 마음이 조금 놓이긴 합니다만…

어머니가 돌아가신 의미는 둘 중의 하나일 겁니다. 우리의 인생은 여기까지라는 것, 그렇다면 어서 저를 데려가주셔야죠. 아니면 저에게 새로운 인생을 주시기 위해서? 어머니가 안 계신데 새로운 인생이 무슨 소용이 있겠어요. 어머니 장례도 제대로 못 치르고, 빈소 하나 마련해드리지 못하고, 묘소는 물론 흔한 납골당 한 자리 못해드렸어요. 집주인에게 사정해서 얼마를 빌려 겨우 화장해드리는 것으로 그쳐야 했어요. 어찌해서 우리에게 이렇게까지 하는지 모르겠어요.

어머니는 생전에 항상 천이 없이는 못 산다고 말씀하셨는데, 저세상에서는 천이 없이 어떻게 계시는지요. 저는 이 세상에서 어머니와 해정이 외에 누구와도 맺은 인연이 없어요. 이제 저는 연고도 어머니가 계신 저세상에 있어요. 연고도 없는 이 세상에서 굳이 지금까지의 인생을 반복하며 머물고 싶지는 않습니다.

아버지, 어머니가 어떻게 해서 돌아가시게 되었는지, 무슨 다른 비밀이 있는 건지, 어떤 식으로든 답을 주세요. 아버지에게 아들은 저 말고도 여럿이지만, 어머니에게 아들은 저 하나입니다. 당연히 제가 진실을 알아야지요. 저는 우울증이 심해져 인내심도 점점 약해지고 있어요. 오래 기다리지 않게 해주세요.

2012년 12월 30일 (오후 2시 15분)
불효 천 올림

[대화]

엄마, 애정이는 만나셨어요? - 만나셨다고. 애정이가 떠난지 사십오
년이에요. 그렇게 오랜만에 만나서도 서로 알아보았어요? - 그렇다고.
애정이 눈 밑의 우리나라 지도를 닮은 점은 그대로인가요? - 그렇다고.
그 점으로 쉽게 알아볼 수 있었겠네요. 오빠 얘기도 하던가요? - 그렇
다고. 그동안 거의 잊고 있었어요.

오늘은 집안이 서러울 정도로 조용했어요. 모두 기분이 가라앉아 하
루 종일 말이 없었어요. 해정이도 저도 같은 생각을 하는 것 같았어요.

 2012. 12. 31

[편지]

어머니 전상서

어머니, 불효 천입니다. 어머니와 대화는 항상 나누고 있지만, 처음으
로 이렇게 편지를 드리는군요. 할아버지 할머니도 강령하시죠? 아버지
도 잘 계시고 애정이도 잘 있죠? 해정이와 저는 그런대로 지내고 있습
니다. 어머니가 떠나신 이해도 이제 다 가고 있어요.

어머니는 생전에 항상 천이 없이는 못 산다고 말씀하셨는데, 저세상에서는 천이 없이 어떻게 계시는지요. 저는 이 세상에서 어머니와 해정이 외에 누구와도 맺은 인연이 없습니다. 이제 저는 연고도 어머니가 계신 저세상에 있어요. 저는 어머니를 떠나보낸 죄인이고, 이 죄인이 이렇게 남아 있어도 되는 건지 모르겠어요. 어머니는 이 세상이든 저세상이든 제가 모셔야 해요. 잘 모시든 못 모시든, 행복하건 불행하건…

새해에는 더 평안하시고 어머니 기운이 왕성해지셨으면 좋겠어요. 사랑해요, 어머니.

2012년 12월 31일 (오후 3시 59분)

불효 천 올림

[대화]

엄마, 제 편지 받아보셨죠? - 그러시다고. 어제는 아버지에게 편지를 드렸어요. 엄마가 떠나신 이해도 오늘로 다 가네요. 하지만 음력으로는 아직 임진년이 더 남았죠. 어쩌면 설 전에 엄마를 뵐 수 있을지도 모르겠어요.

 2013. 1. 1

[대화]

엄마, 오늘 새해 첫날 오랜만에 저희와 천호공원에 다녀오셨죠? - 그러시다고. 겨울에 가 보시니 어떠세요? 좋으셨어요? - 그렇다고.

엄마는 아버지가 데려가셨나요? - 천천히 그렇다고 하심. 그렇군요. 아버지가 이제 와서 무슨 자격으로 엄마를… 이 세상에서 엄마의 보호자는 저인데, 제 허락도 없이 그렇게 마음대로 하셔도 되는 건가요? 제 영혼을 마비시켜놓고 엄마를 데려간 자가 아버지란 말이죠? 그간의 이해할 수 없는 모든 과정이 아버지가 하신 일이란 말이죠? 지금 제 꿈에 못 오시는 것도 아버지 때문인가요? - 천천히 그렇다고 하심.

 2013. 1. 2

[편지]

아버지 전상서

아버지, 사흘만에 다시 편지를 드립니다. 아버지에게 이렇게 자주 편지를 드리게 될 줄은 몰랐어요. 그동안 저를 짓눌렀던 커다란 의문이 이제 풀려가고 있어요. 그리고 저도 선택을 해야할 시기가 오고 있습니다. 거기에 아버지가 밀접하게 연관되어 계시는군요.

어머니는 아버지가 데려가셨더군요. 이 세상에서의 보호자인 제 허락도 없이 말이죠. 제 영혼을 마비시켜놓고, 손발을 묶어놓고, 뒤통수를 치듯 어머니를 데려가셨어요. 그리고 지금도 어머니가 제 꿈에 못 오시도록 막고 계시는군요. 다분히 아버지 다우셨더군요. 남아 있을 저와 해정이의 고통은 생각지 않으셨나요? 해정이가 불쌍하지도 않으세요?

제 아버지이신 것은 인정하지만, 제게는 어머니가 전부입니다. 아버지 자리는 없어요. 제가 어머니에게 가면 아버지는 떠나셔야 합니다. 이 세상이든 저세상이든 어머니는 제가 모셔야 하니까요.

저도 아버지와 다정했던 어린 시절의 기억을 가지고 있습니다. 그러기에 아버지가 어머니와 우리를 떠나가셨어도 원망하지 않았습니다. 저의 절반 이상은 이미 어머니에게 가 있으나, 아버지에게 시간을 조금 드리고 싶군요. 어머니도 아버지를 사랑하시죠.

저는 이 세상에 정해진 업도 없고, 모든 일에 서툴고, 어머니와 해정이 외에는 누구와 맺은 인연도 없어요. 저는 이제 연고도 어머니가 계신 저세상에 있는 거에요. 연고도 없는 이 세상에 굳이 지금까지의 인생을 반복하며 남아 있을 아무런 이유가 없는 거지요. 그럼에도 불구하고 제가 이 세상에서 더 살아갈 수 있도록 아버지가 동기를 부여해주시면 어머니에게 가는 시기를 늦춰드릴 수 있습니다.

아버지, 매일 밤은 아니라도 일주일에 한 번 정도 어머니를 꿈에서 뵐 수 있도록 해주세요. 그리 해주실 수 있는지, 오늘 중으로 답변을 주세요. 어머니가 저와 대화를 나누고 계시니, 오늘 밤 어머니와 같이 오셔서 직접 말씀해주세요.

2013년 1월 2일 (오후 5시 59분)

불효 천 올림

[대화]

엄마, 요즘 부쩍 해정이가 우울해하네요. 하루 종일 말도 없고, 엄마도 없이 혼자 돌아누워 자는 걸 보면 너무 가슴이 아파요.

아까 집주인에게서 전화 온 것 아시죠? – 그렇다고. 방을 비워달라네요. 지금 이사할 형편이 안된다고 했는데, 어떻게 될지 모르겠어요.

오늘 아버지에게 편지를 드렸는데, 받아보셨죠? – 그러시다고. 제가 아버지에게 여쭤볼 게 있으니 엄마와 같이 나와주시라고 말씀드렸는데, 나오셨나요? – 나오셨다고. 지금 옆에 계세요? – 그러시다고. 아버지와 대화해도 되나요? – 그렇다고.

아버지, 나오셨어요? – 나오셨다고. 이렇게 아버지와 대화하는 게 얼마 만인가요. 한 사십 년 만이네요. 아버지, 오늘 제 편지 받아보셨죠? – 그렇다고. 아버지, 일주일에 한 번 정도 어머니를 제 꿈에서 뵐 수 있게 해주시겠어요? – 그러신다고. 그래요. 그렇게 해주시면 당분간 아버지와 어머니 같이 계실 수 있도록 해드리죠. 아버지, 어머니에게 잘 해드려야 해요. 약속하실 수 있죠? – 약속하신다고. 어머니와 대화할게요.

엄마, 지금 다 보고 들으셨죠? – 그렇다고. 아버지가 일주일에 한 번은 제 꿈에서 엄마를 뵐 수 있게 해주신다고 하셨어요. 이제 저희 걱정은 하지 마시고, 아버지와 편히 지내세요.

어머니를 부름과 거의 동시에 강한 자성이 느껴지고 흔들림. 보통은 어머니가 오시는데 3분 정도 걸리나, 오늘은 즉시 어머니가 응답을 주시고, 대화가 시작됨. 좋은 예감이 듦. 아버지와 이야기가 잘 되시어 함께 미리 오셔서 나를 기다리고 계셨던 듯. 어머니가 정말 좋아하시는 걸 알 수 있음.

2013. 1. 3

[대화]

엄마, 해정이가 진엔 질 웃고 했는데, 웃지도 않고 무표정으로 제 할 일만 하네요. 저러다 우울증에라도 걸리면 어쩌나 싶어요. 엄마가 꿈에라도 자주 오시어 해정이를 좀 달래주세요.

어제 오늘은 밖에 모시고 나가지 못했어요. 해정이도 많이 갑갑해하는 것 같아요. 엄마도 같이 나가고 싶으시죠? - 그러시다고. 내일은 날이 좀 풀리면 모시고 나갈게요.

오늘도 어머니가 먼저 오시어 기다리고 계셨음. 내가 어머니를 부르기도 전에 흔들리는 듯하더니, 어머니를 부르자 강한 자성과 함께 많이 흔들리고, 즉시 대화가 시작됨. 아버지도 같이 와 계시는 것 같아.

2013. 1. 4

어머니, 돌아가신 날도 진천 장날이네요. 그때 사용하시던 되박이 지금도 우리집 가보 1호로 남아 있어요.

[대화]

엄마, 오늘도 먼저 와 계셨어요? - 그러시다고. 힘드신데 뭐하러 먼저 와 기다리세요. 제가 와서 부르면 오시면 되죠. 아버지도 같이 오셨어요? - 그러시다고.

해정이가 이번에는 오래가네요. 해정이도 뭐 좋은 게 있겠어요. 우울증에 빠지지 않게 엄마가 좀 달래주세요.

대화 후 어머니를 잠자리에 뉘어드리고 이불을 덮어드린 다음 화장실에 가 물을 받아 손을 씻는데, 모락모락 피어오르는 김을 발견. 물온도와 실내온도로 보아 김이 생길 상황은 아니었음. 김은 한동안 지속되어 어떤 형상을 이루는 듯. 분명히 두 분이 오셨다가 손잡고 가시는 모습… 마침내 김은 사라지고, 다시 빈 공간만 남았다.

2013. 1. 5

돌아가신 지 다섯 달

[대화]

엄마, 오늘이 일 년 중 제일 춥다는 소한이네요. 그런데 오늘 날이 조금 풀려 그리 춥지는 않았어요. 아까 올림픽공원에 모시고 갔었는데, 괜찮으셨어요? – 그렇다고.

오늘이 엄마 돌아가신 지 다섯 달 되는 날이네요. 편히 지내셨어요? – 그러시다고.

혹시 어젯밤 저와 대화하신 후 조금 더 계시다 가셨어요? – 그러시다고. 제가 본 것이 엄마 아버지 두 분이 나란히 손잡고 가시는 모습, 맞죠? – 그렇다고.

2013. 1. 6

새벽에 시계가 손에 잡히지 않아 보니 어머니 쪽으로 많이 옮겨져 있고, 방향도 어머니를 향해 돌려져 있었음. 분명히 손댄 적 없음. 예전에 늘 그러셨던 것처럼, 어머니가 주무시다 시계를 가져다 보셨나.

[편지]
아버지 전상서

아버지, 불효 천입니다. 저는 지금 이 세상과 저세상의 경계에 저를 걸쳐놓고 있습니다. 조만간 어느 쪽으로든 기울어지겠죠. 일주일에 한 번 어머니를 제 꿈에 보내주신다는 약속은 언제 이행이 되는 겁니까?

아버지는 분명 어린 시절 저에게 다정하고 따뜻한 분이셨어요. 그러기에 아버지를 이해하려고 애썼어요. 그리고 잊고 살았지만, 아버지에게 나쁜 감정은 갖지 않았어요. 그런데 이렇게 40년 만에 나타나시어 돌연 어머니를 데려가시니, 저에게는 더없이 당혹스럽고 용납되어질 수 없는 일이 벌어진 겁니다. 부디 아버지에 대한 좋은 감정을 유지할 수 있었으면 좋겠어요. 제가 지금 가면 더는 아버지가 아닌 어머니를 데려간 원수일 수밖에 없습니다. 어머니 앞에서 부자가 다투는 모습을 보여드려서야 되겠습니까?

저는 절대 어머니를 포기할 수 없어요. 그것만은 인정하셔야 합니다. 그렇지 않으면 모두에게 불행한 일이 생깁니다. 저는 아버지를 버릴 수 있어요. 이미 오래 전에 잊어버린 아버지, 떠나가신 아버지를 제가 왜 못 버리겠습니까.

저는 지금 이 세상에 머물 아무런 이유가 없습니다. 다만 아버지에게 어머니와 좀 더 같이 계실 수 있는 기회를 드리는 것뿐입니다. 저와 하신 약속을 잘 지켜주셔야 합니다.

아버지, 저와 어머니와의 대화에 함께 와주시는 것 감사드립니다. 어머니가 좋아하실 거에요. 언제가 되든 제가 갈 때까지 어머니를 잘 부탁드려요. 다시 어머니를 힘들게 하셔서는 안됩니다.

2013년 1월 6일 (오전 11시 57분)

불효 천 올림

[대화]

엄마, 오늘도 일찍 오셨네요. 아버지도 오셨어요? – 오셨다고. 오늘은 일요일이라 집에 있었어요. 집에 있어도 해정이도 저도 하루 종일 서로 말이 없었어요. 해정이도 무언가를 알고 있는 것 같아요.

엄마, 혹시 어젯밤에 주무시다 시계 가져다 보셨어요? – 그렇다고. 그러셨군요.

아버지가 일주일에 한 번은 엄마를 제 꿈에 보내주시기로 하셨는데, 오늘 밤에 오셨으면 좋겠어요.

2013. 1. 7

[오늘 새벽의 꿈]

내가 어느 공사장에서 일을 하고 있는데 누가 와보라 하더니 이제 그만 나오라는 얘기를 함. 누군가 그 얘기를 거들어줌. 일하는 게 너무 부실하다는 대화 뚜렷.

[대화]

엄마, 오늘 새벽에 꿈을 꾸었어요. 제가 공사장에서 일하는데, 일을 잘 못한다고 이제 나오지 말라고 하네요. 수없이 들어온 얘기지만, 꿈에 서까지 그런 말을 듣네요.

오늘은 하루 종일 엄마 생각만 나고, 엄마 곁으로 가고 싶은 마음밖에 없었어요. 저도 해정이에게서 전염이 되나 봐요. 노상 울먹울먹. 해정이는 밤에 자면서도 울먹울먹해요. 애처로워 못 보겠어요. 저러다 정말 어떻게 되는 게 아닌가 걱정돼요. 어젯밤에는 무슨 꿈을 꾸었는지 새벽한 시에 저를 깨워 보니 눈이 빨개져 있더라구요.

엄마는 정말 외갓집에서 편히 계신 거죠? - 그러시다고. 아버지가 잘 해드리세요? - 그렇다고.

엄마, 이제 주무셔야죠. 저도 잘게요. 코 주무세요. - 그러신다고. 사랑해요. - 엄마도 사랑하신다고.

2013. 1. 8

[오늘 새벽의 꿈]

어머니를 꿈에서 봄. 내가 전에 큰 도움을 받았다는 누님이라는 분을 어머니에게 소개해드림. 두 분이 반갑게 인사하심.

아버지의 약속이 지켜진 걸까?

어머니 전상서

사랑하는 어머니, 어머니의 불효자 천입니다. 어머니에게 불효만 저지른 제가 어느덧 다시 어머니의 찌찌를 먹는 아기로 살고 있네요. 어머니도 여전히 제 아기시구요. 우리는 서로의 아기가 되었군요.

어머니, 어찌해서 천이를 두고 가셨어요. 지금도 여기 계시는 건가요? 지금도 저를 보고 계세요? 지금 같아서는 하루도 견디기 어려워요. 그렇지만 아버지와의 약속이 있으니, 어떻게든 버텨봐야지요. 사랑해요, 어머니.

2013년 1월 8일 (오후 1시 59분)

불효 천 올림

2013. 1. 11

[대화]

엄마, 정말 돌아가신 거에요? 아직도 저는 꿈을 꾸고 있는 것 같아요. 이 꿈이 깨고나면 엄마가 저를 보고 환하게 웃고 계실 것만 같아요. 꿈이라면 너무 가혹하지요. 그래도 깨어나면 되겠지만, 꿈이 아니면 어떡하지요? 악몽이라도, 차라리 꿈이었으면 좋겠어요.

엄마 안 계신 세상에서 반년을 버틴다는 것은, 저로서는 한계에 이른 느낌이에요. 엄마가 돌아가셨을 때 제가 이렇게 반년씩이나 남아 있을 것이라고는 상상도 못했어요. 추모공원에서 엄마와 작별인사를 나눌 때 제가 했던 말 기억하시죠? 곧 따라갈테니, 잠시 먼저 가 계시라고요. 그 잠시가 반년이 되었네요.

 2013. 1. 13

[편지]

아버지 전상서

아버지, 어머니의 불효자 천입니다. 저와 어머니의 대화에 같이 와주셔서 고맙습니다. 어머니가 한결 덜 외로우시고, 좋아하실 것 같습니다.

지난번 저와 하신 약속은 잘 진행이 되고 있는 것인지요. 지난 8일 새벽 어머니를 제 꿈에 보내주셨다고는 하나, 저는 분명한 현재의 어머니를 만나고 싶습니다. 어머니가 어떤 모습으로 지내고 계신지 알고 싶은 제 마음을 이해하시리라 믿습니다.

저도 아버지와 즐거웠던 어린 시절의 추억을 가지고 있지만, 사랑은 없어요. 아버지와 공존할 수 없는 거죠. 아버지가 어머니와 같이 지내실 수 있는 시간은 제가 가기 전까지입니다.

2013년 1월 13일 (오후 1시 26분)

불효 천 올림

[오늘 새벽의 꿈]

어머니가 어디 불편하신 듯 옆으로 누워 계심.

일어나기 직전 아주 잠깐 어머니 꿈을 꿈. 지난 8일 이후 6일 만임. 가장 최근의 어머니 얼굴 확인. 생전의 모습인 듯. 전과 같은 어머니와의 삶을 처음으로 아주 잠시 맛봄. 어머니가 어디 편찮으신지.

다녀왔어요, 어머니. 어찌 말씀이 없으세요…

엄마, 그렇게 가셨어요? 이 세상과 저세상이 그것밖에 안되는 건가요? 그렇게 쉽게 갈 수 있는 곳이에요?

[대화]

엄마, 오늘 새벽에 제 꿈에 오셨어요? – 그렇다고. 혹시 어디 편찮으세요? – 아니라고. 어디 불편하신 데 있으세요? – 아니라고. 어디 편찮으시거나 불편하신 데 있으면 저에게 말씀하세요. 아셨죠? – 아셨다고.

2013. 1. 18

[대화]

엄마, 오늘은 밖에 나가 다니는데, 왠지 집에 오면 꼭 엄마가 계실 것만 같았어요. 다시 그럴 리 없다 생각하니 눈물이 났어요. 이젠 엄마 없이 견디는 데 한계에 오는 것 같아요.

 2013. 1. 21

[오늘 새벽의 꿈]

어머니가 머리가 아프다고 하시어 내가 타이레놀을 드림. 그 큰 걸 먹느냐고 하시어 괜찮다고 하자 물과 함께 드심. 매우 젊어지신 모습.

1주일 만에 다시 어머니 꿈을 꿈. 시간도 거의 같은 월요일 아침 6시 전후, 일어나기 직전 잠깐.

음성 대화내용 뚜렷. 지금까지의 어머니 꿈 중 가장 생생. 예전의 모습인지, 현재의 모습인지… 처음으로 현재의 모습일지도 모른다는 생각이 듦.

알람이 울리고 조금 더 누워 있는 사이에 어머니가 오심. 보통 알람이 울리면 2~3분 이내에 일어나는데, 오늘은 일어나니 6시 11분. 평소대로였으면 어머니를 뵙지 못하였을 수도.

지난번에 이어 어디가 좋지 않으신 모습. 생전에 머리 아프다고 하신 적이 없고 두통약도 드시지 않으셨는데. 외할아버지가 늘 머리가 아프시어 뇌신을 드셨다고 말씀하시곤 하셨음. 어머니가 정말 편찮으신 걸까.

아침에 일어나 창문을 여니 비가 많이 오고 있음. 이 차가운 겨울비 속으로 어머니가 나를 만나러 오신 걸까. 감기드시면 어쩌시려고…

[대화]

엄마, 오늘은 하루 종일 비가 오네요. 무슨 겨울비가 이렇게 오는지 모르겠어요. 오늘 아침 제 꿈에 오셨어요? – 오셨다고. 비가 이렇게 오는데 오셨어요? 감기드시면 어써시려구요.

그런데 어디 편찮으신 거에요? – 순간 심하게 흔들렸으나 대답은 하지 않으심. 머리 아프시다고 하셔서 제가 타이레놀을 드렸는데, 드시고 좀 나아지셨어요? – 그러시다고. 살아 생전에도 머리가 안 아프셨는데… 어디 편찮으시거나 불편하시면 천이에게 바로 말씀해주세요. 아셨죠? – 그러신다고.

엄마, 그런데 젊어지신 것 같아요. 외갓집에 가셔서 더 젊어지신 거에요? – 그렇다고. 그러시군요. 엄마가 젊어지셨다니, 저도 좋으네요.

 2013. 1. 23

겨울이면 어머니가 운동화를 불 앞에 놓아두시곤 하셨지. 학교 갈 때 신으면 뜨끈뜨끈했어.

[대화]

엄마, 오늘 오랜만에 저희와 외출하셨죠? 그동안 해정이 무릎이 아파 못 나갔어요. 같이 다녀오시니 좋으시죠? - 그렇다고.

해정이가 그리 좋지 않아요. 오늘 아침에도 머릿속이 이상하다고 울고 해서 약 먹이고 손 따주고 겨우 가라앉았어요. 엄마도 보셨죠? - 보셨다고.

 2013. 1. 27

[편지]

어머니 전상서

보고 싶고 그리운 사랑하는 어머니, 어머니의 불효자 천입니다.

어머니, 제가 이 세상에서 갖고 싶었던 유일한 업이 있습니다. 좋은 글을 쓰는 작가가 되고 싶었어요. 사실은 어머니 살아 계실 때 필명도 마련해 두었어요. 제 필명은 한해천입니다. 韓亥天. 어머니의 성을 따 韓, 해정이의 亥, 저의 天 해서 한해천으로 정하였어요. 제가 이 필명으로 글을 쓰면 우리 세 식구가 모두 함께 쓰는 거지요. 지금까지는 연이 없다고 여겼지만, 새로운 삶이 주어진다면 해볼 수 있다는 생각입니다.
사랑해요, 어머니.

2013년 1월 27일 (오전 10시 59분)

불효 천 올림

2013. 1. 28

아침에 일어나 창문을 여니 달이 동그랗다. 어머니에게 보여드렸다.

[편지]

어머니 전상서

보고 싶은 어머니, 어머니의 아들 천입니다.

저는 지금 어머니 살아 계실 때의 천이가 아닙니다. 심신이 약해질
대로 약해져 이미 모든 능력을 잃어버렸어요. 어머니가 계실 때는 무
슨 일이든 주어지는대로 할 수 있었지만, 지금은 그럴 만한 능력도 의
욕도 갖고 있지 않습니다. 우울증에 신경쇠약, 무기력증, 거기에 화병
까지 더해져 이제는 해정이도 돌보아야 하지만, 저 하나도 감당이 힘
들어졌어요.

제 미래가 가볼 만한 가치가 있는 것인지도 모르겠어요. 어머니가 살
아 계실 때는 무조건 살아야 하는 거였지요. 하지만 어머니가 안 계신

지금, 생각을 해봐야지요. 단순히 지금까지와 같은 인생이 반복된다면, 더 이상 끌려갈 이유가 없지요. 굳이 가고 싶지 않은 곳을 향해 차에 제대로 올라타지도 못한 채 밧줄에 묶여 끌려갈 필요는 없는 거지요. 이제 그 밧줄을 끊고 제가 원하는 곳으로 가야죠.

어머니는 저 없이 되시나요? 저는 아무리 천국이라 해도 어머니 없이는 안되겠어요. 차라리 어머니와 같이 지옥으로 떨어지고 싶어요. 저도 어머니 마음을 아프게 해드리고 싶지는 않아요. 그러기 위해선 최소한 여전히 어머니와 함께 있다는 느낌이 들게 해주셔야 합니다.

어머니는 저를 사랑하시죠? 제가 원하는 건 다 들어주시죠? 저도 어머니가 바라시는대로 해드리고 싶어요. 어머니, 우리 조금씩 양보해요. 저는 해정이 데리고 이 세상을 살아갈 것이니, 어머니가 곁에 계셔주세요. 꿈에서든 혼령으로든 제 곁에 계셔주세요. 그렇게만 해주시면 저는 어머니가 여전히 살아 계시는 것으로 알고 다른 어려움을 극복해나가겠습니다. 사랑해요, 어머니.

2013년 1월 28일 (오후 5시 16분)

불효 천 올림

 2013. 1. 29

엄마, 오늘은 엄마가 너무 보고 싶어 눈물만 나고, 혹시 엄마가 꿈에

오실까 낮잠을 자보았어요. 어젯밤에는 혹시 엄마가 혼령으로 오셨나 해서 캄캄한 주방에 불도 켜지 않고 엄마를 불러보았어요.

2013. 2. 5

돌아가신 지 여섯 달 / 반년

[편지]

어머니 전상서

꿈에도 그리운 사랑하는 어머니, 어머니의 불효자 천입니다. 어머니 가신지 오늘로 꼭 반년이네요. 반년이라니요. 어떻게 해서 제가 반년씩이나 여기 있을까요. 앞으로 또 얼마나 어머니 안 계신 세상을 지나야 할까요. 어머니, 우리는 지금 잠시 떨어져 있는 거지요? 너무 길어질까 두려워요.

문득 문득 이 세상에 어머니가 안 계시다는 생각이 들면 견딜 수 없을 만큼 무서워져요. 어머니, 저를 너무 내버려두지 마세요. 제가 잘 설 수 있도록 붙잡아주세요. 우린 서로의 아기잖아요.

어머니, 저는 체력도 크게 떨어져 있고, 정신적으로도 많이 힘들어요. 너무 힘들게 되면 감당하지 못해요. 어머니 모습을 자주 뵙게 해주시고, 음성도 들려주세요. 사랑해요, 어머니.

2013년 2월 5일 (오후 3시 23분)

불효 천 올림

2013. 2. 6

[편지]

어머니 전상서

꿈에도 그리운 어머니, 어머니의 못난 아들 천입니다. 오늘도 편히 지내고 계시죠? 올겨울은 더 춥고 눈도 많이 오네요. 길도 미끄러워요. 어머니 계신 곳은 눈비 오거나 바람 불고 하지 않는다고 하셨죠? 그럼 춥고 더운 것도 없겠네요. 어머니는 더위를 많이 타시는데…

해정이는 요즘 부쩍 어머니를 더 챙기네요. 무엇을 먹을 때도 그렇고, 어머니에게 살갑게 구네요. 밤에도 꼭 어머니에게 인사하고 자구요.

어머니, 어디 편찮으시거나 불편하신 데는 없으세요? 어디 불편하시면 꼭 저에게 말씀해주세요. 식사 때는 오셔서 저희들과 같이 드시구요. 오늘 바나나를 사왔는데 굉장히 크고 좋아요. 아까 해정이가 보여드렸죠? 이따 저희랑 같이 드세요. 사랑해요, 어머니.

2013년 2월 6일 (오전 11시 29분)

못난 아들 천 올림

[편지]

어머니 전상서

보고 싶고 그리운 사랑하는 어머니, 어머니의 하나밖에 없는 아들 천
입니다. 저에게 한 분밖에 안 계신 어머니를 볼 수 없을 때는 어떻게 해
야 하지요? 제가 가야 하나요? 아니면 어머니가 와주실 수 있나요.

어머니도 안 계신 세상, 의미 없이 그저 그렇게 끌려갈 수는 없죠. 여
기 어머니가 남겨주신 하나의 유산이 있네요. 그간 어머니와의 대화를
모은 어머니일지가 분량이 꽤 되어가고 있어요. 이건 제가 썼다기 보다
는 제 손을 빌려 어머니에 의해 씌여진 것이지요. 책으로 낼 수 있는 방
법을 알아보아야겠어요.

어머니, 날이 계속 추워 밖에 모시고 나가기 어렵네요. 내일은 날이
좀 풀린다 하니 모시고 나가볼게요.

오늘도 편히 지내시구요, 식사 때 오셔서 꼭 같이 드시구요, 이따 대
화 시간에 뵐게요. 사랑해요, 어머니.

2013년 2월 8일 (오전 11시 36분)

하나뿐인 아들 천 올림

[대화]

엄마, 오늘 제 편지 받으셨죠? – 그렇다고. 엄마가 남겨주시는 어머니

일지를 책으로 내볼 생각이에요. 제 필명 아시죠? - 아신다고. 그래요, 한해천이에요. 한해천으로 우리 세 식구 모두 함께 세상으로 나가는 거에요. 신나는 일이죠? - 그렇다고. 우리 모두 같이 세상을 누벼봐요.

엄마, 이제 주무셔야죠. 저도 잘게요. 코 주무세요. - 두 번 대답이 없으심. 엄마, 더 얘기하고 싶으세요? - 그러시다고. 저는 대화로 말씀드리고, 편지도 보내드리고 하는데, 엄마는 그냥 듣고만 계시네요. 엄마가 오셔서 얘기해주시면 좋겠어요. 그러실 수 있죠? - 그렇다고. 그럼 오셔서 얘기 많이 해요. 이제 주무세요. 저도 잘게요. 코 주무세요. - 그러신다고. 사랑해요, 엄마. - 엄마도 사랑하신다고.

 2013. 2. 9

[편지]

어머니 전상서

보고 싶은 어머니, 어머니의 불효자 천입니다.

어머니, 제가 요즘 경황이 없어 데리고 나가지도 못하고 소홀하였더니 해정이가 많이 힘들어하네요. 저도 더 신경쓸 테니, 어머니도 해정이 잘 돌봐주세요. 저는 어머니와 대화라도 하지만, 해정이는 그러지도 못하고, 얼마나 답답하고 어머니가 보고 싶겠어요.

어머니, 내일이 설이네요. 어머니 돌아가시고 처음 맞는 설이에요. 살

아 계셨으면 얼마나 좋으시겠어요. 어머니 좋아하시는 음식 좀 준비할
테니, 내일 오셔서 드세요.

이따 시장에 가는데 모시고 나갈게요. 날이 어제보다 풀렸는데, 그래
도 아직 추우니 제 잠바 안에 품어 모실게요. 오랜만에 시장 구경도 하
시구요. 오셔서 점심 드시고 같이 나가시면 돼요. 사랑해요, 어머니.

2013년 2월 9일 (오전 10시 28분)

불효 천 올림

 2013. 2. 10

설

차례 지냄.

나와 해정이 어머니에게 세배드림.

해정이 앞에서 울지 않으려고 애썼으나, 세배드리고 일어서는 순간 참
지 못하고 눈물이 터져 나옴.

[편지]

어머니 전상서

사랑하는 어머니, 오늘이 설이네요. 아침에 오셔서 좀 드셨어요? 작년

만 해도 설에 우리 세 식구 윷놀이 하고 화투도 하고… 어머니, 죄송해요, 설날 아침부터 눈물을 보여드려서. 해정이 앞에서 울지 않으려 했지만, 세배드리고 나니 눈물이 억제가 되지 않았어요. 설은 이제 저에게 즐거운 명절이 아니군요. 정신적으로나 체력적으로 이 상황을 감당하기 어렵네요. 어머니 안 계신 세상을 살아갈 수 없다는 생각이 다시 전신을 휘어감습니다. 해정이도 저도 이젠 너무 피폐해졌어요.

어머니가 떠나신 해에 저도 떠나고 싶었어요. 양력으로, 음력으로… 그런데 결국 양력으로도 음력으로도 모두 다른 해를 맞고 말았네요. 저는 참 생각대로 되어지는 일이 별로 없어요.

어머니는 복도 없으신 분이에요. 왜 내 어머니가 그렇게 복이 없으셔야 하는지, 저는 견딜 수가 없어요. 남편 복이 없으시면 자식 복이라도 있어야 하는데, 어찌해서 저 같은 아들을 두셨는지요. 그리고 그런 아들을 그리 사랑하셨어요. 조금 덜 사랑하셨으면 좋으셨을 것을…

어머니, 오늘도 편히 지내시고, 이따 대화 시간에 뵈어요. 사랑해요, 어머니.

2013년 2월 10일 설 (오전 11시 10분)

못난 아들 천 올림

[대화]

엄마, 오늘 오셔서 설 음식 맛있게 드셨어요? - 그러시다고. 엄마에게 세배드리는데 참고 있던 눈물이 터져 나와 억제할 수가 없었어요. 오늘 해정이와 둘이 집에 있는데, 이 세상에 있는 것 같지가 않았어요. 세상에 마치 사람이라고는 없는 것 같았어요.

해정이 세배도 받으셨죠? – 그렇다고. 설은 이제 저에게 즐거운 명절이 아니네요. 내년에 이 설을 다시 맞아야 한다면, 저는 어디로든 도망치고 싶을 거에요.

엄마, 이제 주무셔야죠. 저도 잘게요. 코 주무세요. – 두 번 싫다고 하심. 엄마, 더 얘기하고 싶으세요? – 그러시다고. 저와 얘기 많이 하고 싶으세요? – 그렇다고. 저도 엄마와 얘기 많이 하고 싶어요. 그러려면 우리 만나야 되잖아요. 엄마 모습도 안 보여주시면서 어떻게 얘기를 많이 할 수 있어요. 그렇죠? – 그렇다고. 제가 아무리 미음을 다잡아도 그게 오래 가지 못해요. 제 생각과 의지력만으론 안돼요. 제가 백 번 마음을 다잡는 것보다 엄마가 한 번 보듬어주시는 게 나아요. 이제 주무세요. 저도 잘게요. 코 주무세요. – 그러신다고. 사랑해요, 엄마. – 엄마도 사랑하신다고.

 2013. 2. 18

[대화]
엄마, 해정이가 엄마에게 사랑한다고 두 손을 머리에 얹어 하트 모양을 만들고 하네요.

엄마, 어머니일지 원고를 출판사에 보내볼 생각이에요. 지난 몇 달간의 엄마와의 기록이죠. 그동안의 대화, 편지, 꿈 이야기 등이에요. 엄마 허락을 받고 보내고 싶어요. 엄마, 보내도 되겠어요? - 그렇다고.

2013. 2. 20

어머니, 내일이 돌아가신 지 200일 되는 날이에요. 제가 200일을 어떻게 지내왔는지, 이상할 뿐이에요. 이제 겨우 여든이 넘으셨는데, 제 곁에 더 계시면 안되셨어요? 그렇게 서둘러 떠나셔야만 하셨어요?

2013. 2. 21

돌아가신 지 200일

[오늘 새벽의 꿈]
어머니와 사는 집에 유경이가 옴. 방에 있다 문득 돌아보니 유경이가 의자에 앉아 있었음. 어머니는 겸연쩍게 웃으시며 나에게 무어라 말씀하셨는데, 기억나지 않음. 나는 유경이를 보고 서먹해 말을 안하고 있었음. 나는 내심 유경이가 오기를 기다리고 있었던 듯.

꼭 한 달 만에 어머니 꿈을 꿈.

어머니가 왜 유경이와 계실까.

[대화]

엄마, 돌아가신 지 벌써 이백 일이네요…

엄마, 오늘 새벽에 제 꿈에 오셨어요? – 그렇다고. 유경이가 보이던데,
유경이가 왜 엄마와 같이 있어요? 죄송해요, 형이라 부르지 않아서…

엄마, 제가 많이 미우셨죠? 미우시면 야단을 치셔야죠. 야단을 치셔
도 제 곁에 계시면서 치셔야죠. 그렇게 훌쩍 가버리셔서 저에게 이런 고
통을 안겨주시면, 엄마는 좋으세요?

나는 분명히 느낄 수 있어, 어머니가 계심을, 어머니가 나를 만나시려
고 오고 계심을. 살아 계신 어머니를 대하는 거야. 내 마음에 조금도 의
심이 있어서는 안돼. 어머니가 내게 더 수월하게 오실 수 있도록 모든
장벽을 치워야 해. 어머니는 여전히 내 곁에 계시다.

무엇을 아는 데에는 순간이면 충분하다. 생각이 필요한 건 아니야.

 2013. 2. 22

어머니는 30대 초반에 장으로 다니시며 싸장사를 하셨어. 차비를 아

끼시기 위해 그 무거운 짐을 머리에 이고 20리씩이나 걸어다니시며 우리를 길러주셨어, 우리를 버리지 않으시고. 그 꽃다운 나이에 그렇게 힘든 길로 접어드신 거야. 돈이 조금 마련이 되자 상산학교 밑에 방이 딸린 가게를 하나 얻으시어 외갓집에서 우리를 데리고 나오셨어, 우리 네 남매를.

나는 어머니가 우리에게 해주신 것의 만 분의 일도 못 해드렸어. 자식이란 원래 그런 건가? 그렇게 소용이 없는 건가? 어머니는 어쩌면 이제 저세상에 가시어 편안하신지도 몰라. 이 세상에서는 고난이 끝이 없으셨어, 이 못난 아들로 인해.

연출은 따로 있어도 선택은 내가 할 수 있는 것, 그 연출과 함께 갈지는.

 2013. 2. 27

어머니를 잊고 살아가야 할까, 아니면 어머니에게로 가야 할까. 어머니를 잊고 살아가기도, 어머니를 안고 살아가기도 어렵다.

어머니를 경제적으로 풍족하게 모셨으면 지금 나는 기고만장해 있을 것이다. 어머니 앞에서 오만할 것이다. 그리고 좋은 데로 가시라고 했을 것이다. 그러나 나는 지금 어머니에게 좋은 데로 가시라고 할 수가 없어, 이렇게 떠나보내드릴 수 없으니까, 반드시 내가 다시 모셔야 하니까.

2013. 2. 28

[오늘 새벽의 꿈]

내가 시계전화기로 집에 전화를 하니 신호 한두 번 만에 바로 어머니
가 받으심. 분명히 내가 전화를 했는데, 어머니가 전화해서 미안하다고
하심. 내가 전화한 거라고 해도 자꾸 전화해서 미안하다고 하심. 이제
전화하셔도 된다고, 언제든지 전화하시라고 몇 번을 말씀드려도, 대답
이 없으심.

1주일 만에 다시 어머니 꿈을 꿈. 전화 목소리 같지 않게 어머니
육성 뚜렷. 모습은 안 보이고 꿈에서 통화만 하기는 처음. 너무도 가
슴 아픈 꿈.

2013. 3. 1

간다는 말씀도 없이, 잘 있으라는 인사도 없이, 그렇게 그냥 가셨어.
그러니 어머니는 가신 게 아니야. 내가 잠시 외출하는 데에도 어머니에
게 다녀오겠다고 인사를 드리는데, 평생을 함께한 우리에게 그 먼 길을
가시는데 말씀 한 마디 없이 가실 리 없어. 어머니는 지금도 내 곁에 계
시는 거야.

 2013. 3. 5

돌아가신 지 일곱 달 / 경칩

[편지]

어머니 전상서

보고 싶고 그리운 사랑하는 어머니, 어머니의 불효자 천입니다. 오늘
도 편히 지내시고 계신지요. 오늘이 어머니 돌아가신 지 일곱 달 되는
날이네요. 그리고 12년 전 바로 오늘, 3월 5일 경칩에 제주도에서 칠순
을 맞으셨죠. 생각 나세요? 그때 우리 세 식구는 처음으로 제주도 나들
이를 했지요. 따뜻한 제주도에서 호텔에 머물며 여유 있게 관광을 즐겼
죠. 사진도 많이 찍고, 정말 즐거웠죠?

그런데 벌써 돌아가신 지 일곱 달이라니…

사랑해요, 어머니.

2013년 3월 5일 경칩 (오전 10시 16분)

불효 천 올림

 2013. 3. 7

[대화]

엄마, 오늘은 제가 지은 시 한 편 들려드릴게요.

[시]
나는 몰랐네

나는 몰랐네
저 별이 무얼 말하는지

나는 몰랐네
저 달이 무얼 말하는지

나는 몰랐네
저 해가 무얼 말하는지

내 어머니 데려간다는 뜻인지
나는 몰랐네

알았다면 내 목숨과 바꾸자 했을 것
그렇게 사정했을 텐데

나는 몰랐네

저 바람이 무얼 말하는지
저 구름이 무얼 말하는지

오늘 낮에 일하던 중 지은 시에요. 이 시를 짓고 설움에 북받쳐 눈물이 터져 나와 한참을 사람들이 지나다니는 길가에 서서 목놓아 울었어요. 이렇게 살아 있는 게 너무도 서러웠어요…

 2013. 3. 8

[시]
나는 알았네

나는 알았네
저 별이 무얼 말하는지

나는 알았네
저 달이 무얼 말하는지

나는 알았네
저 해가 무얼 말하는지

내 어머니 가신 곳이 어디인지
나는 알았네

몰랐다면 나를 데려다달라 했을 것
그렇게 사정했을 텐데

나는 알았네
저 바람이 무얼 말하는지
저 구름이 무얼 말하는지

2013. 3. 10

[대화]

엄마, 오늘 이발했어요. 석달 만에 했는데, 잘 되었어요? – 그렇다고.
엄마, 평생 저와 함께하시어서 힘드셨지만, 행복하지는 못하셨지만, 그
래도 외롭지는 않으셨죠? – 대답이 없으심. 외로우셨어요? – 아니라고.
평생 저와 함께하시어서 힘드셨죠? – 아니라고. 행복하지는 못하셨죠? –
아니라고. 행복하셨어요? – 그렇다고. 외롭지는 않으셨죠? – 그렇다고.
그렇게 말씀해주셔서 고마워요.

[편지]

어머니 전상서

어머니, 사실은 요즘 새로 시작한 일이 있어요. 어머니 마음 아프실까 봐 일부러 말씀 안 드렸어요. 그래도 어머니는 이미 알고 계시겠죠. 그 래요, 전단지 배포하는 일이에요. 물론 힘들죠, 수입도 얼마 안되고. 하 지만 어머니가 그렇게 내켜하시지 않는 막일 보다는 나은 것 같아요. 옷이 더러워지지도 않으니 따로 갈아입을 필요도 없어요. 출퇴근도 여 유로워 시간도 많고 집에 일찍 와 해정이와 저녁도 같이 먹어요. 어머니 가 살아 계셨으면 일찍 온다고 좋아하셨을 텐데요. 다리는 좀 아파도, 그런대로 할 만해요. 너무 걱정하지 마세요.

어머니, 제가 안돼 보이지 않으세요? 엄마도 없이… 오늘도 점심 일찍 먹고 다녀올게요. 집에 해정이와 같이 계셔주세요. 저녁이면 일찍 와요. 사랑해요, 어머니.

2013년 3월 13일 (오전 10시 19분)

불효 천 올림

 2013. 3. 16

[편지]

어머니 전상서

사랑하는 어머니, 불효자 천입니다. 오늘도 편히 지내고 계신지요.

어머니, 어제는 많이 힘들었어요. 아침부터 사장과 크게 한 번 싸우고 일을 하니 평소 안 아프던 다리도 발가락까지 아프고 많이 지쳤어요. 사장과 싸우는 것 어머니도 보셨죠? 이젠 신경이 너무 예민해져 조그만 것에도 쉽게 흥분하곤 합니다.

오늘은 일이 없는지 연락이 없네요. 별다른 일이 없으면 오후에는 오랜만에 해정이 데리고 공원에나 다녀올까 합니다. 제가 이 일을 하면서 해정이가 너무 외출을 못해 항상 운동부족이 염려가 됩니다. 같이 모시고 나갈 테니 어머니도 오랜만에 바깥바람 좀 쐬세요. 사랑해요, 어머니.

2013년 3월 16일 (오전 10시 52분)

불효 천 올림

[대화]

오늘 저희와 같이 올림픽공원에 다녀오셨죠? - 그러시다고. 봄볕이 따뜻했어요. 오랜만에 밖에 나와 벤치에 앉아 계셨는데, 좋으셨어요? - 그렇다고. 바람이 차지는 않으셨어요? - 그렇다고.

공원에서 여자들이 호미로 모종을 심고 있었어요. 엄마도 예전에 아주머니들과 밭에 가시어 일하고 오시고 하셨죠. 그렇게 저희들을 키워주셨어요. 그보다 더 힘든 일을 하시면서도 내색 한 번 안하셨는데, 저는 그 정도 일 하는 게 힘들다고 짜증을 부리고 했어요.

 2013. 3. 18

[편지]

어머니 전상서

사랑하는 어머니, 불효자 천입니다. 오늘도 편안히 지내고 계신지요.

어머니, 봄이 오고 있지만, 찾아오는 봄이, 따스한 햇살이 두려워요. 이 세상에 바뀌는 모든 것들이 두려워요. 다시 어머니가 가신 그 여름이 올까봐도 두렵구요. 강남 갔던 제비도 돌아오고 온갖 꽃들도 피어나겠지만, 어머니는 다시 오시지 않죠.

어머니 생신이 나흘 앞으로 다가왔네요. 불과 여든두 번째 생신을 맞지 못하시고 가셨어요. 어머니, 오실 거죠? 오셔서 저희가 준비한 음식 맛있게 드실 거죠?

생각해보면 지나온 날들이 꿈만 같아요. 어머니와 함께했던 날들도 마치 꿈처럼 느껴져요. 꿈이라면 언제까지나 깨어나지 말 것을, 이제 제가 깨어난 건가요? 그래서 어머니는 어디에도 안 계시는 거에요? 어머니는 정말 꿈속에 오셨다 가신 거에요?

어머니, 저는 모든 것이 힘에 겹습니다. 하루가 마치 십 년 같아요. 하지만 어떻게든 어머니 생신까지는 가야지요. 사랑해요, 어머니.

2013년 3월 18일 (오후 3시 59분)

불효 천 올림

2013. 3. 21

[대화]

엄마, 내일이 엄마 생신이네요. 여든두 번째 생신이 돌아가신 후 처음 맞는 생신이 되셨네요. 엄마 좋아하시는 음식 좀 준비했어요. 아까 시장에 저희와 같이 다녀오셨죠? – 그렇다고. 내일 오셔서 맛있게 드세요.

엄마, 주무셔야죠. 저도 잘게요. 코 주무세요. – 그러신다고. 사랑해요, 엄마. – 엄마도 사랑하신다고.

2013. 3. 22

여든두 번째 생신

차례 지냄.

나와 해정이 어머니에게 세 번 절함.

엄마, 오셨죠? 돌아가신 후 처음 맞는 생신이시네요. 생신 축하드려
요…

세상에 사람이란 없는 듯, 너무도 적막.

[대화]

엄마, 오늘 엄마 생신이세요. 엄마 좋아하시는 음식 좀 준비했는데,
오셔서 맛있게 드셨어요? – 그러시다고. 엄마에게 차례를 올리는 날은
더 쓸쓸하고 적막해요. 마치 세상에 사람이라고는 없는 것 같아요.

2013. 3. 29

오늘 수퍼에서 큰소리 낸 것 알고 계시죠? 아까 어머니도 다 보고 들
으셨죠? 그 사람으로서는 그럴 수도 있는 일이었지만, 평상시 같으면 그
렇게 이해할 수도 있었겠지만, 그러지 못했어요. 제 몸에 광기가 점점
자라나고 있는 것 같아요. 금방이라도 폭발해버릴 것 같은 무언가가 가
슴을 가득 채우고 있어요. 바로 그때 그 사람이 저를 아주 조금 건드린
거에요. 얼마나 더 버틸 수 있을지 모르겠어요.

2013. 4. 5

돌아가신 지 여덟 달

2013. 4. 6

[편지]

할아버지 전상서

할아버지, 불효 외손자 천임니다. 오랜만에 안부 여쭙니다. 그동안 강령하셨는지요. 할머니도 잘 계시고요. 저희는 지금까지는 그런대로 지내고 있습니다.

할아버지, 오늘은 꼭 여쭤보고 싶은 것이 있습니다. 할아버지는 어찌 귀한 따님이신 어머니에게 그리 하셨습니까? 집안 형편이 어려운 것도 아닌데, 어찌 다니던 학교도 그만두게 하시고 어린 어머니에게 집에서 일만 시키셨어요? 여관 하시는데 일손이 그렇게 부족했나요? 어머니 아니면 일할 사람이 없었나요? 사람 구하기가 그렇게 어려웠나요? 곱게 자라야 할 따님에게 일밖에는 시킬 게 없었나요? 어머니에게 일을 시키시어 경제적으로 나아졌나요? 왜 그러셨어요? 어릴 때 친구분들은 다들 국민학교 선생을 한다고 많이 부러워하셨어요. 어머니도 학교를 제대로 다니시고 조금만 뒷받침 해주셨으면 이모들이나 외삼촌, 친구분들 누구 못지 않게 성공하셨을 거에요. 아마도 어머니 인생이 많이 달라졌겠죠. 사회적으로 성공하시고, 인텔리 여성으로 행복한 삶을 누리셨겠죠. 저와 같은 못난 아들을 두시지도 않으셨을 거구요.

어머니가 다른 인생을 사셨다면 제가 이 세상에 오지 않을 수도 있었겠죠. 그럼 제가 할아버지께 감사해야 하나요? 저는 어머니와 인연이 안 된다 하더라도, 어머니가 더 나은 인생을 사시기를 바랬을 겁니다. 어머니가 당대에는 물론, 저로 인해 다음 세대까지 팔십 평생을 하루 같이 고생만 하시다 가신 것을 생각하면 너무도 가슴이 아파 견딜 수가 없어요. 이제 와서 할아버지를 원망하고 싶지는 않습니다. 하지만 할아버지도 지금은 어머니에게 그리 하신 걸 후회하시거나 책임감을 느끼시지는 않으시나요? 다 지난 일이니 할아버지께 한 번 여쭤보고 싶습니다.

할아버지, 제가 갈 때까지 부디 어머니를 잘 보살펴주세요. 곧 찾아뵙겠습니다.

2013년 4월 6일 (오후 2시 29분)

불효 외손 천 올림

 2013. 4. 7

엄마가 없다고 아이가 저렇게 우는구나. 우는 소리를 들으니 금방 왜 우는지 알 수가 있어. 나도 저렇게 울었겠지. 아니, 나는 별다른 이유도

없이 무척 많이 울었어. 한 번 울기 시작하면 그냥 끝도 없이 울었어. 외갓집에서 내가 너무 많이 울어 아버지가 나를 대문 밖에 내놓으시고 잠그고 들어가버리신 적도 있어. 나는 밖에서 끝없이 울다 지쳐서도 잉잉 울었어. 얼마나 화가 나셨으면 그러셨을까. 감당이 안되는 아이였지.

2013. 4. 10

어머니는 이제 떠나셨나 봐. 1주일에 한 번 정도는 꿈에 보이셨는데, 이제는 내 꿈에도 해정이 꿈에도 오시지 않아.

2013. 4. 11

어머니 생각도 말아야 하나. 어머니를 놓아드려야 하나. 우리의 인연은 여기까지인 것으로 알아야 하나. 어머니는 이제 좋은 곳으로 가시도록 해드려야 하나.

어머니, 정말 어머니를 보내드려야 할까요? 제가 어머니를 잊을 수 있을까요? 그냥 제 어머니로 계시면 안돼요? 어머니, 저 없이 되시겠어요?

2013. 4. 14

비가 온다. 봄비가 새벽부터, 주룩주룩… 어머니와 나의 눈물인 듯 내 마음을 적신다. 아직도 밖은 캄캄한데, 외등은 벌써 나갔다. 조금이라도, 자자.

2013. 4. 17

[시]

나뭇잎이 될 거야

나뭇잎은 나무와 이별할 때 어떤 마음일까.
봄에 생겨나 여름내 붙어 있다 가을에 떨어져 내릴 때
"엄마, 안녕!"하고 흙으로 돌아갈까?
나무는 해마다 수없는 이별을 하겠지.
그러고도 어찌 살지?
잎은 땅에 묻혀 다시 엄마에게로 갈까?
그래서 이듬해 또 나뭇잎으로 태어날까?
그렇게 만남과 이별을 반복하는 것일까?
그렇다면 나는 나뭇잎이 될 거야,

헤어져도 다시 만날 수 있으니.

 2013. 4. 19

내 쉰여섯 번째 생일

어떻게 어머니에게 절을 하나. 어머니 앞에 서자 벌써 눈물이… 한동안 뒤돌아서 눈물을 삼키기를 몇 번, 다시 어머니 앞에 서서 "엄마, 오늘이…" 말씀드리는 순간, 잠고 있던 울음이 터져 나오고 말았어. 해정이 앞에서 울지 않으려 했는데, 그만 눈물을 보이고 말았어. 어쩔 수 없이 한동안 목놓아 울었어. 마음을 다져먹고 어머니 앞에 다시 섰다. "엄마, 울지 않을게요…" 몇 번을 다짐하고, "엄마, 오늘이 제 생일이에요. 오십육 년 전 오늘, 저를 낳으셨군요. 그런데 지금은 어디 계세요? 엄마, 절 올릴게요." 어머니에게 절하는 순간, 다시 울음이 터져 나와 고개를 들지 못하고 느껴 울었어. 사진 속의 어머니는 예나 다름 없이 나를 바라보고 계셨다.

명절도 생일도, 이젠 모두 즐거운 날이 아니구나.

어머니, 어찌 그리 바라만보고 계세요. 무어라 말씀 좀 해보세요. 그렇게 하실 말씀이 없어요?

네가 내 형이었다고 믿기 어렵다. 어떻게 어머니를 그렇게 안 보고, 찾

지 않을 수 있을까. 어머니가 돌아가신 건 알고 있을까? 예전의 모습은
다 기만이었구나.

 2013. 4. 20

　TV 가져온지 꼭 1년. 작년 오늘 내가 작은 중고 TV를 가져와 겸연쩍
어하자 어머니는 작은 게 더 선명하고 좋다고 하셨어. 그런데 올해는 어
머니가 안 계시고, 비가 오는구나. 내 생애 가장 큰 변화가 있었던 1년.
우주가 사라진 1년…
　아침부터 비가 내려. 오늘 쉼. 요즘 무슨 일을 하는지 어머니도 아실
것. 집안이 너무도 적막. 숨이 막힐 듯.
　어머니, 저 혼자서도 방울이불 잘 덮었죠? 저는 어머니가 힘드실까봐
그랬던 거에요. 그런데 어머니는 정말로 저를 덮어주고 싶으셨던 거죠.
제가 혼자서 한다고 했을 때 어머니가 못내 아쉬우셨을 수도 있었을 거
에요. 사실은 저도 어머니가 덮어주시는 게 좋았어요. 혼자 잘 덮기는
조금 어렵거든요. 어머니와 저는 늘 그렇게 조금씩 어긋났어요. 서로를
위하는 마음이 조금만 덜했다면… 앞으로는 너무 많이 사랑하지 않기
로 해요. 모든 것은 적당한 게 좋은 것 같아요. 그렇죠? 어머니, 제가 가
면 다시 이불 잘 덮어주셔야 해요?
　울어선 안돼. 엄마가 울보라고 하시겠어.

[대화]

엄마, 오셨어요? - 오셨다고. 엄마, 벌써 오신 거에요? - 그렇다고. 언제부터 와 계신 거에요. 그동안 저 대화에 안 나올 때에도 매일 와 계신 거에요? - 그렇다고. 엄마, 저도 안 오는데 뭐하러 와 계셨어요, 힘드시게.

거의 한 달만에 엄마와 대화를 나누네요. 그동안 매일 지켜보셨어요? - 그렇다고. 엄마, 지금도 외갓집에 계시죠? - 그렇다고. 아버지도 같이 계세요? - 그렇다고. 아버지 오늘도 같이 나오셨어요? - 그렇다고.

엄마, 그동안에도 편히 잘 계셨어요? - 그렇다고. 지난 금요일이 제 생일이었어요. 엄마에게 절을 올리며 얼마나 울었는지 몰라요. 엄마도 다 보셨죠? - 보셨다고. 그런 생일 다시 맞고 싶지 않아요.

엄마, 그렇게 와 기다리시면 힘드시잖아요. 그렇죠? - 아니라고. 힘들지 않으시다고요? - 그렇다고. 엄마를 누가 말리겠어요.

엄마, 이제 주무셔야죠. 저도 잘게요. 코 주무세요. - 그러신다고. 사랑해요, 엄마. - 엄마도 사랑하신다고.

어머니 생신 이후 한 달만의 대화. 오랜만이라 어머니가 오시는데 시간이 걸릴줄 알았으나 대화 시작도 전에 많이 흔들림. 지난 한 달간 어머니는 아버지와 함께 매일 와 계셨던 것, 오지도 않는 나를 기다리시며. 내 어머니 고집은 여전.

 2013. 4. 25

애정아, 네 생각도 난다. 분명히 내 동생이었지. 너와 함께 소풍가던 일도, 함께 놀던 일도 생각난다. 언젠가 네가 점촌 할아버지 댁으로 엄마를 찾으러 간다고 산길을 가고 있었지. 마침 내가 학교에서 오다 너를 발견하고 데려와 산림조합 나무밭에서 낙엽을 모으며 같이 놀았어. 내가 너를 못 보았으면, 어쩌면 그때 너를 잃어버렸는지도 모른다. 너는 일곱 살도 채 안되었어. 그 어린 것이 혼자 산길로 갔으면, 길을 잃었거나 누가 데려갈 수도 있었겠지. 50년 가까이 지난 일이지만, 마치 어제인 듯 생생하다. 너는 틀림없는 내 동생이구나. 지금 엄마와 같이 있니?

 2013. 4. 29

꽃들이 너무 아름다워, 너무 가슴 아파. 어머니와 함께 볼 수 없는 세상이 너무도 싫어. 내 마음을 추스를 수가 없어.

 2013. 5. 1

[오늘 새벽의 꿈]

내가 어디에 일하러 들어갔는데, 월급이 얼마나 나오느냐고 어머니가 물어보심. 한 70~80만 원 된다고 말씀드리니 첫달부터 그러냐고 물어보심. 돈 한 푼 없이 내가 두 달을 살고 있다고.

꿈에서조차 그렇게 어렵게 살고 있었어. 어머니가 생활비 걱정이 되셨나 봐. 너무도 가슴 아픈 꿈. 그래도 분명히 어머니와 살고 있었어.

5월 첫날부터 어머니가 오셨다. 꿈에 오시는 시간도 정해져 있어, 5시에서 6시 사이. 창문이 밝아오는 것이 부담은 되지만, 그래도 6시까지는 자야 해.

[편지]

어머니 전상서

사랑하는 어머니, 불효 천입니다. 벌써 5월이네요. 어머니 가신 뒤로도 계절이 세 번 바뀌어, 완연한 봄입니다.

오늘 새벽 제 꿈에 와주셨네요. 고마워요, 어머니.

조금 있다 점심 일찍 먹고 일하러 다녀오겠어요. 어머니도 오셔서 같이 드세요. 사랑해요, 어머니.

2013년 5월 1일 (오전 10시 59분)

불효 천 올림

[시]

그 소녀

내가 태어나기 훨씬 전이지만
나와 무관한 소녀가 아니야

바보 같으신 내 어머니
나를 낳으시고
기르시고
나만 믿고 사신 내 어머니

이 세상과 저세상을 통틀어
제일 좋은 내 어머니

내 어머니가 되신 그 소녀
나는 이미 그 소녀와 함께였어

[편지]

어머니 전상서

사랑하는 어머니, 불효 천입니다. 오늘도 편히 지내고 계신지요.

어머니, 아침에 보내드린 꽃사진 보셨죠? 어제 일하러 갔다 길에서 꽃이 좋아 찍어왔어요. 꽃이 예쁘니 구경 좀 하세요. 그리고 또 하나 보내드린 사진은 남대문이에요. 몇 년 전 남대문에 불이 났었죠? 헐어내고 새로 지었는데, 이제 거의 완공이 되었나 봐요.

어제 일을 하다 남대문시장에 갔었어요. 제가 독일 간 때 어머니와 같이 제 옷 사러 갔었던 바로 그 남대문시장이에요. 마치 어제 일처럼 생각이 났어요. 그때 어머니는 지금의 제 나이보다도 한 살 적으셨죠.

어제 어머니를 꿈에서 뵙고 한층 기분이 나아졌어요. 몸도 좋아지고요. 조금 힘에 겹긴 하지만, 그래도 나름 기운을 내고 있어요. 너무 염려하지 마세요.

어머니, 오늘도 점심 일찍 먹고 다녀올게요. 어머니도 오셔서 같이 드세요. 어제 참외 사다놓았으니 해정이와 참외도 드시고 바나나도 드시고요. 일 마치고 되도록 빨리 오겠습니다. 사랑해요, 어머니.

2013년 5월 2일 (오전 10시 59분)

불효 천 올림

[대화]

엄마, 오늘 제가 보내드린 꽃사진 보셨죠? - 보셨다고. 어제 일 나갔다가 찍어왔어요. 꽃이 참 예쁘죠? - 그렇다고. 그래도 저는 엄마가 더 예뻐요.

오늘도 일 나갔다 왔어요. 비가 오고 해서 조금 힘들었어요.

 2013. 5. 4

[편지]

어머니 전상서

사랑하는 어머니, 불효 천입니다. 오늘도 편히 지내고 계신지요.

어머니, 제가 지금 무슨 일을 하고 있는지 아시죠? 음식점마다 다니며 냉장고 수리 스티커를 붙이고 있어요. 언제까지 이 일을 할지는 모르지만, 전에 하던 일보다 나아요. 많이 걸어다녀 다리가 좀 아프긴 하지만, 그래도 깨끗하고, 무거운 게 없으니 힘도 덜 들어요. 오후에 시작하니 오전에 시간이 있구요, 일이 비교적 빨리 끝나 집에도 일찍 올 수 있어요. 막일은 이제 못할 것 같아요. 제가 막일을 하면서 어머니가 돌아가셨으니, 이젠 하고 싶지 않아요.

이 일을 하며 예전의 장소를 모두 가보게 되네요. 어머니와의 추억이 깃든 곳을 가볼 때는 더욱 가슴이 아픕니다. 어제는 일하면서 중부시장에 다녀왔어요. 예전에 어머니가 중부시장에 가셔서 멸치며 노가리며 사오시곤 하셨죠. 지금도 여전히 큰 건어물시장이더군요.

지나온 추억이 서린 여기저기를 모두 돌아보게 하는 걸 보면, 이제 때가 된 모양입니다. 어머니, 저를 이 세상에 더 두어도 별다른 희망이 보이지 않으시면, 어서 저를 불러주세요. 저는 항상 어머니가 먼저 불러주시기를 바라고 있어요.

어머니, 제가 조금 힘들어 어머니에게 어리광을 부렸나 봐요. 오늘도 편히 지내세요. 사랑해요, 어머니.

2013년 5월 4일 (오전 10시 29분)

불효 천 올림

2013. 5. 5

돌아가신 지 아홉 달

[편지]

어머니 전상서

사랑하는 어머니, 불효 천입니다. 오늘도 편히 지내고 계신지요.

어머니, 오늘이 어머니 돌아가신 지 아홉 달 되는 날이네요. 날수로는 273일. 어머니를 잃고, 이제는 아무 것도 남아 있지 않은 이 세상에서 너무 오래 머무는 느낌입니다.

어제 스티커 붙이는 일이 끝났어요. 한 달 동안 우리 추억의 장소를 다 돌아보게 하고 너무도 가슴 아프게 하더니, 그렇게 끝났네요. 지난 것은 모두 그런가요? 그것도 일이라고 벌써 추억이 되어 아쉽게 느껴지네요. 비슷한 일은 더 있을 거에요. 천천히 알아보아야죠.

어머니는 제가 밉지 않으세요? 제가 원망스럽지도 않으세요? 왜 저를 그냥 두시는 거에요. 밤마다 꿈에 오셔서 저를 혼내셔야죠.

어머니, 오늘은 일요일이라 집에 있습니다. 내일부터는 또 볼일이 있겠죠. 오늘도 편히 지내시고, 식사 때 오셔서 꼭 저희와 같이 드세요. 사랑해요, 어머니.

2013년 5월 5일 (오전 10시 59분)

불효 천 올림

2013. 5. 6

세상에서 제일 좋은 이름, 엄마, 어머니. 나는 그 어머니가 없구나. 그럼 내게 무엇이 있지? 아무리 생각해도, 없다, 아무것도…

엄마, 어째 사진 속에만 그렇게 계세요. 저를 보시는 거에요? 엄마, 엄마…

[오늘 새벽의 꿈]

내가 어느 건물 옥상에서 일을 하고 있는데, 쓰고 있던 모자가 바람에 날려감. 모자를 잃어버렸구나 하는 생각이 듬. 밑을 보니 그 모자를 어느 아주머니가 주워듬. 내가 아주머니를 불러보지만, 아주머니는 내 목소리가 들리는 듯하나 나를 발견하지 못하고 주위를 둘러봄. 내가 계속해서 부르는데도 아주머니는 두리번거리며 길을 걸어가다 마주오던 커다란 차에 정면으로 부딪힘. 나는 사고가 내 책임이 아닐까 생각함.

그 아주머니가 어머니 아닐까? 내 목소리가 들리긴 하나 의사 소통이 잘 되지 않아 두리번거리며 나를 찾다가 그만… 모자를 잃어버리는 것은 아무 일도 아님. 너무도 가슴 아픈 꿈.

어쨌든 아침은 먹어야지. 그래야 또 하루를 보내지.

[편지]

어머니 전상서

사랑하는 어머니, 불효 천입니다. 오늘도 편히 지내고 계신지요.

오늘 아침에 이상한 꿈을 꾸었어요. 제가 어느 건물 옥상에서 일을 하다 모자가 바람에 날려 땅에 떨어졌는데, 그 모자를 주운 아주머니가 나를 찾다가 그만 큰 교통사고를 당하고 말았어요. 꿈에서도 그 아주머니가 그렇게 된 것은 제 책임일지도 모른다는 생각이 들었어요. 어머니, 그 아주머니가 어머니 아니세요? 너무도 가슴 아픈 꿈이었어요.

어머니, 저는 어머니와 함께 불행하고 싶어요. 사랑해요, 어머니.

2013년 5월 7일 (오전 9시 59분)

불효 천 올림

[대화]

엄마, 내일이 어버이날이네요. 붉은 카네이션을 사왔어요. 내일 아침에 달아드릴게요. 저는 흰 카네이션을 달지 않겠어요. 세상의 법칙에 어긋나도 상관 없어요. 엄마는 여전히 제 곁에 계시니까요.

오늘은 크게 한 일도 없는데, 이렇게 피곤하네요. 어서 자야겠어요. 엄마도 주무세요. 코 주무세요. - 그러신다고. 사랑해요, 엄마. - 엄마도 사랑하신다고.

 2013. 5. 8

어버이날

[편지]

어머니 전상서

사랑하는 어머니, 불효 천입니다. 오늘도 편히 지내고 계신지요.

오늘이 어버이날이네요. 아침에 카네이션 달아드렸죠? 꽃을 다시니 어머니가 훨씬 좋아 보이시네요. 마치 살아 계신 듯 저도 마음이 설레이네요. 꽃을 다신 어머니 모습, 너무도 예뻐요. 사진 찍어 보내드렸는데, 받아보셨죠?

어머니, 저는 결코 흰 카네이션을 달지 않을 거에요. 이것이 세상의 법칙에 어긋난다 해도, 어쩔 수 없어요. 저에게 어머니는 여전히 살아 계시니까요. 오늘 어머니에게 꽃을 달아드리면 더 가슴이 아플 줄 알았는데, 이상하게 마음이 좋아지네요. 꽃을 단 어머니가 저를 보고 웃고 계시는 것 같아요.

어머니, 오늘은 어버이날이니 모든 시름 잊고 편히 계세요. 저도 다른 말씀은 안 드릴게요. 사랑해요, 어머니.

2013년 5월 8일 (오전 9시 32분)

불효 천 올림

정말 소중한 건 너무 소중하게 생각하지 마라. 소중한 걸 잃게 된다. 자연의 시샘은 누구도 당해낼 수 없어. 집착은 모든 걸 잃게 되는 근원이야.

[편지]

어머니 전상서

사랑하는 어머니, 어머니의 불효자 천입니다. 오늘도 편히 지내고 계신지요.

아침에 사진 석 장 보내드렸어요.

어제 달아드렸던 카네이션을 예전처럼 컵에 꽂아놓았더니 참으로 예뻐 사진으로 보내드렸어요. 옆에 오남매도 보이시죠?

또 하나는 사진 찍고 있는 제 모습이에요. 사진을 찍는 제 모습이 거울에 비쳐 저도 함께 찍혔네요. 뒤에 얼핏 해정이도 보이죠? 어머니가 저에게 전화하시던 그 전화기도 보이고, 어머니 사용하시던 시계가 7시 59분을 나타내고 있네요.

그리고 하나는 작년 가을 우리 세 식구 올림픽공원에 갔을 때 찍은 사진이에요. 해정이가 어머니를 업고 있죠?

어머니, 처음으로 저희들 모습을 보내드렸는데, 어떠세요. 그래도 건강해보이죠? 그래요, 아직까지는 건강히 잘 있어요. 며칠 좋지 않던 속도 약을 먹으면서 거의 나았고, 변도 잘 보아요.

저는 엊그제부터 다시 스티커 일을 시작했어요. 얼마나 할지는 아직 모르지만, 그래도 다른 일 보다는 나아 하는 데까지는 이 일을 해보려구요. 조금 있다 점심 먹고 다녀와야죠. 사랑해요, 어머니.

2013년 5월 9일 (오전 10시 32분)

불효 천 올림

2013. 5. 10

[편지]

어머니 전상서

보고 싶고 그리운 사랑하는 어머니, 어머니의 불효자 천입니다. 오늘도 편히 잘 지내고 계신지요.

어머니, 비가 오네요. 어제부터 계속 비가 내리고 있어요. 꼭 어머니 그리워 흐르는 제 눈물인 양 쉴 새 없이 흘러내리고 있어요. 이렇게 비가 오는 날이면 어머니 생각이 더 사무칩니다. 어머니 계신 곳은 비 오거나 바람 불지 않는다고 하셨죠? 어머니, 창문 조금만 열어 놓았어요. 비 들이치지 않으니 걱정하지 마세요.

지하철을 타고 있으면 종종 이것이 어머니에게 가는 열차라면 얼마나 좋을까 하는 생각이 듭니다. 열차를 타고 그냥 어머니에게 갈 수 있다면…

오늘은 비가 와서 일이 어떻게 될지 모르겠어요. 오후에 비가 그치면 나가봐야죠. 사랑해요, 어머니.

2013년 5월 10일 (오전 9시 59분)

불효 천 올림

2013. 5. 12

아침부터 왜 이렇게 까치가 울어댈까, 올 손님도 없는데. 어머니가 오실 리도 없고…

[편지]

어머니 전상서

보고 싶고 그리운 사랑하는 어머니, 어머니의 불효자 천입니다. 오늘도 편히 지내고 계신지요.

어머니, 내일부터 새로 일하러 가는데 해정이도 데려가려고 해요. 너무 집에만 있어 운동 겸 같이 가려구요. 처음에는 좀 힘들겠지만, 같은 스티커 일이라도 이번에는 그리 많이 걷지는 않아요. 해정이에게 같이 가자고 했더니 신이 났어요. 오랜만에 표정이 아주 밝아졌어요. 어머니도 같이 가시겠어요?

어머니, 오늘은 일요일이라 집에 있습니다. 어머니도 오셔서 저희와 함께 계세요. 함께 식사하시고, 함께 TV 보시고 하세요. 사랑해요, 어머니.

2013년 5월 12일 (오전 10시 26분)

불효 천 올림

[대화]

엄마, 오늘 제 편지 받아보셨죠? - 그러시다고.

내일 일하러 가는데 해정이도 데려가려고 해요. 너무 집에만 있어서요. 해정이도 좋아하네요. 엄마도 같이 가시겠어요? - 그러신다고.

 2013. 5. 13

[오늘 새벽의 꿈]

진정으로 사랑하는 여인과 함께 있었음. 내가 그 여인을 정말 좋아함. 그 여인의 손을 잡고, 그 여인의 어깨에 손을 올리고 함. 나는 무엇인가 곤란한 입장에 처해 있었는데, 그 여인도 나를 이해하는 듯 함.

어머니가 꿈에 오셨나? 왜 그 여인으로 오셨나. 내가 보고 싶은 분은 어머니인데, 왜 다른 모습으로 오시는 걸까? 어머니는 왜 내게 모습을 보여주시지 않는 걸까?

[편지]

어머니 전상서

사랑하는 어머니, 어머니의 불효자 천입니다. 오늘도 편히 지내고 계신지요. 월요일 아침이네요. 또 어떤 한 주가 될까요. 또 얼마나 어머니에게 가고 싶을까요. 그리고 가지 못해 안타까워 할까요.

오늘 새벽에 꿈을 꾸었어요. 제가 어느 사랑하는 여인과 함께 있었어요. 제가 사랑하는 분은 오직 어머니 한 분이니, 그 여인이 어머니가 틀림없네요. 그렇죠? 그렇게 사랑하는 여인의 모습으로 제 꿈에 오신 거죠? 언젠가 공사장으로 일을 하시겠다고 저를 찾아오신 것처럼, 그렇게 또 다른 모습으로 제게 오신 거죠? 왜 오실 때마다 모습을 감추시는 거에요?

어머니, 말씀드린대로 오늘 일하러 가는데 해정이 데리고 나가요. 어머니도 같이 가시는 거죠? 그래요, 오셔서 점심 드시고 계시다 저희와 같이 나가시면 됩니다. 사랑해요, 어머니.

2013년 5월 13일 (오전 9시 59분)

불효 천 올림

[대화]

엄마, 오늘 저희와 같이 일하는 데 다녀오셨죠? - 그러시다고. 어떠셨어요. 좋으셨어요? - 그렇다고. 힘들지는 않으셨어요? - 그렇다고.

엄마, 지난 밤 제 꿈에 오셨었죠? - 그렇다고. 저와 함께 있었던 그 사랑하는 여인이 바로 엄마시죠? - 그렇다고. 엄마가 맞으시죠? - 그렇다고. 그런데 왜 다른 모습으로 오시는 거에요? 저에게 왜 모습을 안 보여주시는 거에요? 저는 엄마가 보고 싶어요. 저에게 모습을 보여주시면 안되는 거에요? - 아니라고. 엄마 모습을 보여주실 수 있죠? - 그렇다고.

오늘 저 일하는 것 다 보셨죠? – 그렇다고. 이제 제가 무슨 일을 하는 지 아시죠? – 아신다고.

2013. 5. 15

[시]

사진 속의 어머니

사진 속의 어머니는
언제나 나를 바라만보고 계시다

무어라 말씀 한 마디 해주실 법한데
아무 말씀이 없으시다
내게 해주실 말씀이 그렇게 없으실까

사랑한다고 수없이 말씀드려도
여전히 말씀이 없으시다

곧 만날 텐데 무얼 그러느냐
하시는 것 같다

 2013. 5. 17

[편지]

어머니 전상서

사랑하는 어머니, 불효 천입니다. 오늘도 편히 지내고 계신지요.

오늘이 4월 초파일, 부처님 오신 날이네요. 오늘 잠실에 있는 불광사에 모시고 갈게요. 어머니 돌아가신 직후, 작년 8월 이 절을 지을 때 제가 가서 일한 곳이에요. 여기서 일하면서 어머니 생각에 눈물 깨나 쏟았어요. 어머니 잃은 슬픔으로 몸도 가누기 어려웠지만, 그래도 일해야 했어요. 일도 힘들었지만, 정신적으로 몹시 혼란스러웠어요. 제 땀과 눈물이 서려 있는 절이에요.

어머니, 이따 오셔서 점심 드시고 같이 가세요. 사랑해요, 어머니.

2013년 5월 17일 (오전 9시 42분)

불효 천 올림

[대화]

엄마, 오늘이 4월 초파일이네요. 저희들과 불광사에 다녀오셨죠? - 그러시다고. 작년에 엄마 돌아가시고 제가 가서 일한 곳이에요. 엄마가 편안하시도록 빌고 왔어요. 제가 일하던 곳에서 사진 찍어 보내드렸는데, 받아보셨죠? - 그러시다고.

오다가 근처에 있는 석촌호수에 들르셨죠? - 그러시다고. 작년 가을에도 저희와 같이 가보셨던 곳이에요.

 2013. 5. 18

[시]
여유가 있었어도

여유가 있었어도
묘지에 모시지 못했을 거야

어떻게
홀로 두고 오겠어

그 외진 곳에서
밤에 얼마나 무서우시겠어

어머니는
내 가슴에 모실 수밖에

항상 나와 함께 계시도록
항상 나와 얘기하시도록

2013. 5. 20

해정이 쉰네 번째 생일

어머니, 오늘이 해정이 생일이에요. 아침에 해정이 절 받으셨죠? 오십
사 년 전 오늘 해정이를 낳으셨네요. 그런데 지금은 어디 계세요? 해정
이와 저를 두고 어디로 가신 거에요.

2013. 5. 21

[편지]

어머니 전상서

사랑하는 어머니, 어머니의 불효자 천입니다. 오늘도 편히 지내고 계
신지요.

어머니, 지금 생각해보면 어머니는 몸이 계속 좋지 않으셨어요. 변을
보시는 데 매우 애를 먹으셨고, 변을 힘들게 보셔도 동글동글하게 떨
어져 나왔어요. 변이 동글동글하다는 것은 무언가 이상이 있다는 신호
인데, 그걸 제대로 인지하지 못했어요. 기력이 많이 떨어지고 계셨던 거
지요. 전에 없이 앉으면 조시고, 변기에 앉아 계시다 넘어지시기도 하셨
죠. 그렇지 않아도 몸이 더우신 어머니신데, 날이 그렇게 더워지면서 어

머니는 더 힘드셨던 거에요. 아들은 되는 일도 없이 항상 정신없이 돌아다니고, 아무 소용이 없었죠.

어머니, 오늘 저 일하는 데 같이 다녀오세요. 잠시 후에 오셔서 저희와 점심 드시고 같이 나가시면 돼요. 오늘은 자양동이에요. 자양동 아시죠? 우리 예전에 살던 화양동 건대입구역 건너편이잖아요. 오랜만에 한 번 가보세요. 사랑해요, 어머니.

2013년 5월 21일 (오전 10시 29분)

불효 천 올림

 2013. 5. 22

[편지]

어머니 전상서

사랑하는 어머니, 불효 천입니다. 오늘도 편히 지내고 계신지요.

어머니, 이번 일은 비교적 여유를 가지고 할 수 있네요. 무엇보다 해정이를 데리고 다닐 수 있어 좋아요. 어머니와도 같이 다니구요. 우리 모두 운동도 되고, 일이 수월한 편이에요. 한 가지 단점은 수입이 좀 적다는 것, 토요일과 일요일 공휴일 모두 쉬니까요.

어머니, 오늘도 저 일하는 데 같이 다녀오셔야죠? 오늘은 화양동이에요. 화양동… 서울에서의 우리 고향 같은 곳이죠. 우리 추억이 많은 곳이죠? 그 화양동에 한 번 가보세요. 이따 오셔서 저희와 점심 드시고 같이 나가세요. 사랑해요, 어머니.

2013년 5월 22일 (오전 9시 19분)

불효 천 올림

 2013. 5. 23

[편지]

어머니 전상서

사랑하는 어머니, 불효 천입니다. 오늘도 편히 지내고 계신지요.

어제는 화양동 같이 다녀오셨죠? 우리 살던 곳에 가보시니 어떠세요. 옛날 생각 나시죠? 명자네 집은 그대로 있는데, 2층을 올렸네요. 해정이도 우리 살던 데라고 금방 알아보았어요. 예전에 명자네 집 골목 입구에 있던 약국은 건대입구역 쪽으로 옮겨왔네요. 선민네 집 자리는 상가지역으로 변해 쉽게 알아보기 어려워요. 모두 사진 찍어 보내드렸어요.

어머니, 오늘도 화양동으로 가는데, 같이 가시죠? 이따 오셔서 저희와 점심 드시고 같이 나가세요. 오늘 날이 참 좋으네요. 사랑해요, 어머니.

2013년 5월 23일 (오전 8시 59분)

불효 천 올림

[시]

태양이 없어지면

태양이 없어지면
인간은 얼마나 살 수 있을까

어머니가 돌아가시고도
나는 열 달이나 살아 있구나

[편지]

어머니 전상서

사랑하는 어머니, 어머니의 불효자 천입니다. 오늘도 편히 지내고 계
신지요.

어머니, 절대 윤회에 들지 마세요. 저도 윤회에 들지 않을 겁니다. 윤
회에 들어 다른 사람의 아들이 되면 어떡하죠? 그래서 어머니를 까맣
게 잊고 다른 사람을 엄마라 부르면 어떡하죠? 저는 그게 제일 두려워
요. 그러니 우리 무슨 일이 있어도 윤회에 들지 말아요.

벌써 날이 많이 더워요. 양쪽 창문 다 열어 놓으니 시원하시죠? 오늘
은 토요일이라 일이 없지만, 사무실에 가서 다음 주 일할 스티커를 가져

와야 해요. 오후에 다녀올 테니, 오셔서 점심 드시고 집에 해정이와 같이 계세요. 사랑해요, 어머니.

2013년 5월 25일 (오전 10시 46분)

불효 천 올림

 2013. 5. 27

[편지]

어머니 전상서

너무도 보고 싶고 그리운 사랑하는 어머니, 어머니의 불효자 천입니다. 오늘도 편히 지내고 계신지요.

어머니, 올해로 제가 국민학교 들어간지 꼭 50년이 되는군요. 어머니 손잡고 국민학교에 입학하던 것이 어제 일인 것만 같아요. 그때 어머니는 저를 양복점에 데리고 가서서 입학식 때 입을 옷을 맞춰주셨죠. 생각나세요, 어머니?

어머니, 날이 갈수록 제가 야위어가네요. 저는 이미 절반 이상 어머니 곁으로 가 있으니, 온전히 이 세상 사람이라고도 할 수 없겠죠. 오늘 여름옷으로 갈아입었어요. 어머니 돌아가신 후에도 계절은 어김없이 찾아오네요.

오늘부터는 강남 쪽으로 일하러 갑니다. 그런데 비가 와서 오늘은 쉬어야겠네요. 집에오셔서 같이 계세요. 사랑해요, 어머니.

2013년 5월 27일 (오전 10시 16분)

불효 천 올림

 2013. 6. 1

돌아가신 지 300일

[편지]

어머니 전상서

사랑하는 어머니, 불효 천입니다. 오늘도 편히 지내고 계신지요.

어머니, 오늘이 어머니 돌아가신 지 꼭 300일 되는 날이네요. 300일, 상상도 못하던 날이군요. 그동안 어떻게 지내왔는지 모르겠어요. 지금 제가 이 세상에 있는 게 꿈인 듯합니다.

어머니, 외갓집에서 아버지와 편히 잘 계시죠? 저도 해정이와 애쓰고 있습니다. 흔들리지 않도록 어머니가 잡아주세요. 사랑해요, 어머니.

2013년 6월 1일 (오전 10시 16분)

불효 천 올림

[편지]

어머니 전상서

사랑하는 어머니, 어머니의 불효자 천입니다. 오늘도 편히 잘 지내고 계신지요.

어머니, 저는 어머니가 조금 더 제 가까이 계셔주셨으면 좋겠어요. 가끔 꿈에도 한 번씩 오셔서 얼굴도 보여주시고, 천이야 하고 한 번씩 불러주시면 그런대로 힘을 낼 수 있을 것 같아요. 제가 항상 어머니와 함께 있다는 느낌만 들게 해주시면 됩니다.

해정이는 같이 일하러 나가는 게 좋은가 봐요. 아주 신이 나서 다녀요. 다리 아프다고도 안하고 잘 걸어다녀요. 오늘도 오후에 저희와 함께 가시죠? 해정이가 업어 모실 거에요. 이따 오셔서 점심 드시고 같이 가세요. 사랑해요, 어머니.

2013년 6월 4일 (오전 9시 56분)

불효 천 올림

돌아가신 지 열 달

[편지]

어머니 전상서

사랑하는 어머니, 불효 천입니다. 오늘도 편히 지내고 계신지요.

어제 사진 한 장 보내드렸는데, 받아보셨죠? 예전에 수퍼 가실 때 늘 앉아 쉬시던 자리에서 해정이가 어머니를 업고 서 있네요. 어머니 가방 마음에 드세요?

어제 일하고 오다 해정이 커트했어요. 어머니도 미용실에 같이 가셨죠? 미용실 주인이 어머니 선강하시냐고 물어 그러시다고 했어요. 어머니도 다 보고 들으셨죠? 어머니 돌아가셨다는 말은 못하겠어요.

어머니, 오늘은 공휴일이라 집에 있을 거에요. 어머니도 오셔서 저희와 함께 계세요. 사랑해요, 어머니.

2013년 6월 6일 (오전 10시 52분)

불효 천 올림

어머니, 제 인생은 성공하지 못했어도, 어머니와 함께 한 시간은 소중합니다. 성공한 인생과 바꿀 수 없어요. 제 인생은 성공하지 못했을 뿐, 실패한 건 아닙니다. 저는 다시 선택해도 어머니를 택할 거에요.

2013. 6. 7

[편지]

어머니 전상서

사랑하는 어머니, 불효 천입니다. 오늘도 편히 지내고 계신지요.

어제 선풍기를 꺼내놓으며 많이 망설였어요. 기어이 여름이 오고야 말았네요. 어머니 돌아가신 여름이 오는 게 두려웠어요. 여름이 오지 말았으면 했어요. 선풍기를 꺼내놓으면, 여름이 온 것을 인정하는 것 같았어요. 그런데, 꺼내놓았어요. 가슴 아프지만, 어머니도 더우실 테니까요. 이 여름을 어찌 보낼지, 걱정입니다.

어머니, 오늘도 강남 쪽으로 일하러 갑니다. 어머니도 같이 가시죠? 이따 오셔서 저희와 점심 드시고 같이 나가세요. 사랑해요, 어머니.

2013년 6월 7일 (오전 9시 59분)

불효 천 올림

2013. 6. 9

[편지]

어머니 전상서

사랑하는 어머니, 불효 천입니다. 오늘도 편히 지내고 계신지요.

어머니, 저는 궁금한 게 너무 많습니다. 제가 알 수 없는 것들이 너무 많아요. 짐작만으로 넘기기에는 너무도 가슴 아픈 일들이에요. 어머니가 제 궁금증을 풀어주실 수는 없나요? 저는 본시 호기심이 많아 어릴 때부터 무엇이든 어머니에게 여쭤보곤 했었죠. 그러면 어머니는 귀찮아하지 않으시고 항상 웃으시며 말씀해주셨죠. 그렇게 어머니는 저와 교감하시며 세상에 대한 갈증을 풀어주셨어요. 지금도 그렇게 해주시면 안되나요? 사랑해요, 어머니.

2013년 6월 9일 (오전 10시 19분)

불효 천 올림

 2013. 6. 10

[편지]

어머니 전상서

사랑하는 어머니, 불효 천입니다. 오늘도 편히 지내고 계신지요.

어머니, 이제 정말 날이 덥네요. 창문 다 열어 놓고, 등잔 켜고, 엊그제부터 선풍기도 틀었어요. 생전 처음 두려운 마음으로 여름을 맞고 있어요. 어머니를 데려간 여름이 한 발 한 발 다가오고 있어요. 어머니, 이번 여름은 시원하게 보내셔야 할 텐데요.

요즘 일은 편안해요. 해정이 데리고, 어머니 모시고 다닐 수 있어 좋아요. 어머니, 오늘도 같이 나가시죠? 이따 오셔서 점심 드시고 같이 가세요. 사랑해요, 어머니.

2013년 6월 10일 (오전 9시 29분)

불효 천 올림

2013. 6. 11

[편지]

어머니 전상서

사랑하는 어머니, 불효 천입니다. 오늘도 편히 지내고 계신지요.

지금 일은 사장도 그렇고, 저에게 잘 맞는 것 같아요. 직업이라고 할 수는 없지만, 아마도 제가 이 세상에서 하는, 적지만 그래도 수입을 올리는 마지막 일이 아닌가 합니다. 지금으로서는 여름 한 철은 할 수 있을 것으로 보여요. 하지만 언제 끝날지는 알 수 없죠. 사장 마음이니까요.

어머니, 오늘도 일하러 갑니다. 오후에 모시고 나갈게요. 오셔서 점심 드시고 같이 가세요. 사랑해요, 어머니.

2013년 6월 11일 (오전 9시 59분)

불효 천 올림

2013. 6. 14

어머니, 제비가 왔네요. 제비가 집 앞 전깃줄에 앉아 지저귀네요. 이젠 정말 여름인가 봐요.

2013. 6. 15

[편지]

어머니 전상서

사랑하는 어머니, 불효 천입니다. 오늘도 편히 지내고 계신지요.

해정이가 이번 주 하루도 안 빠지고 따라다녔어요. 어제는 꽤 많이 걸었는데 다리 아프다는 말도 안하네요. 생각밖으로 처음부터 잘 따라다녀요. 불평 한 마디 없이 묵묵히 따라다녀요. 전에는 조금만 걸어도 무릎이 아프다고 해 지하철도 엘리베이터로 오르내렸는데, 이제는 모두 계단으로 다녀요.

어머니, 어제 달 보셨어요? 집에서 달구경도 하고 좋다고 하셨는데… 달이 우리를 보고 있는 것 같았어요. 어머니는 어디 계시냐고 물어보는 것 같았어요. 저는 무어라 할 말이 없었어요. 어떻게 대답을 해야 할까요. 어머니는 떠나셨다고, 그래서 이제는 안 계시다고 해야 할까요? 사랑해요, 어머니.

2013년 6월 15일 (오전 9시 59분)

불효 천 올림

2013. 6. 16

어머니, 어제도 달을 보았어요. 미용실 주인에게는 어머니가 잠시 어디 가셨다고 했지만, 달은 모두 알고 있겠죠? 다 보고 있었을 테니, 둘러대도 소용없겠죠?

2013. 6. 17

어머니 떠나신 걸 생각하면, 저는 가슴이 미어집니다. 다 이해할 수는 없지만, 이제는 조금 알 것 같아요. 우리가 조금 덜 사랑했다면, 당분간 그냥 두었겠지요. 하지만 너무도 소중한 존재이기에, 데려간 것이죠. 원하는 것은 주지 않아요. 원치 않는 것은 끝까지 따라와 던져주곤 하지요. 이 세상에 소중한 것, 사랑하는 것, 원하는 것, 원치 않는 것, 좋은 것, 나쁜 것을 갖지 말았어야 하는데, 저는 그것을 갖고 말았어요. 그것도 소중한, 사랑하는, 원하는, 좋은 모두가 어머니 한 분이시니, 어머니를 데려간 것이죠.

지난밤 어머니 덮어드린 이불 한 쪽이 조금 밑으로 내려와 있음. 어머니가 더우셔서 차버리셨나? 누구도 만진 적 없고, 문도 모두 닫아놓았으니 바람 한 점 간 적 없어. 새벽 4시 전에 발견하고 다시 잘 덮어드림, 예전에 어머니가 내게 그러셨던 것처럼.

[시]
그리운 이유는

십 대 시절이 그리운 이유는
그때는 어머니가 계셨기 때문

이십 대 시절이 그리운 이유도
어머니가 계셨기 때문

삼십 대 그리고 사십 대가 그리운 것도
어머니가 계셨기 때문

불과 일 년 전이 사무치게 그리운 이유도
그때는 내 곁에 어머니가 계셨기 때문

일 년 전으로 돌아갈 수만 있다면
내 모두를 주어도 좋아

그럴 수 없다면
어머니 곁으로 가고 싶어

세상은 모른다
엄마 없는 내 마음을

 2013. 6. 20

고양이들이 왜 저렇게 울어댈까. 엄마 찾아 우는 걸까, 내 마음과도
같이…

 2013. 6. 21

[편지]
멀리 있는 형에게
형, 나는 천입니다. 우리는 한 번 만나본 적도 없고 얼굴도 모르지만,

분명히 내 형이죠? 여기 누이동생도 있어요. 이름은 해정이에요. 해정이는 청각장애인이에요. 원래부터 듣지도 말하지도 못하고 평생 어머니만 의지하고 살았죠. 그리고 이제 어머니를 잃어버리고 쓸쓸히 내 곁에 있네요.

내 위로 형의 남동생이 하나 더 있었지만, 이미 이 세상에서 인연이 다한지 오래에요. 원래 어머니가 지어주신 이름은 유경인데, 제 마음대로 이름을 바꾸고 어머니를 떠나버렸지요. 또 아주 어릴 때 막내 여동생이 있었어요. 이름은 애정이에요. 국민학교 1학년 무렵인가, 병으로 그만 먼저 우리 곁을 떠나고 말았어요. 같은 곳에 있을 것이니, 혹시 만나지 못했다면 찾아보세요.

형이 그렇게 일찍 세상을 떠남으로 해서 어머니는 말할 수 없는 고초를 겪으셨어요. 그리고 나 같은 불효자를 만나셨죠. 형도 불효자이고, 나도 불효자이고, 우린 모두 어머니의 불효자들이군요.

어머니는 평생 내 곁에 계셔주셨지만, 나는 어머니를 잘 모시지 못했어요. 그러니 나는 꼭 어머니를 다시 모셔야 해요. 내가 갈 때까지 어머니 잘 부탁드려요.

형, 언젠가 만나겠죠? 그때는 우리 어머니 앞에서 같이 절을 올려요.

2013년 6월 21일 (오전 10시 26분)

못난 동생 천이가

[대화]

엄마, 오늘이 하지에요. 이제 본격적으로 여름이 시작되나 봐요.

해정이 몸이 계속 안 좋아 혼자 일하고 왔어요.

오늘 일찍 엄마 곁을 떠난 형에게 편지를 썼어요. 얼굴도 알 수 없지만, 분명히 제 형이죠? - 그렇다고. 형도 제 편지 받아보았죠? - 그렇다고. 형이 잘 살펴드릴 거에요. 제가 갈 때까지 아쉬운 일은 형에게 말씀하세요.

2013. 6. 22

[편지]

어머니 전상서

보고 싶고 그리운 사랑하는 어머니, 어머니의 불효자 천입니다. 오늘도 편히 지내고 계신지요.

어머니는 제가 어디에 있어도 다 보고 계시죠? 무슨 일을 하는지도 다 아시죠? 그래서 이제는 전화를 안하시는 거죠? 어머니가 전화 자주 하신다고 짜증내던 일들이 너무도 후회돼요. 지금도 그때처럼 제게 전화해주시면 얼마나 좋을까요. 사랑해요, 어머니.

2013년 6월 22일 (오전 10시 36분)

불효 천 올림

2013. 6. 25

[지난밤의 꿈]

내가 어딘가에 면접을 보러 감. 내 앞 사람은 화려한 경력을 내세워 채용됨. 그런데 나는 한참을 서류를 뒤적이면서도 아무런 말이 없어 이제 그만 가보겠다고 일어나자 면접관이 그러라고 함. 내가 인사하고 나오려 하자 다시 불러 기다려보라 함. 지금 가면 어떻게 할 거냐고, 막일 밖에 더 할 거냐고. 다시 앉아 기다림.

2013. 6. 26

어머니는 내 불효는 벌써 다 잊으셨어, 내가 잘못한 건 기억하지 못하시는 분이니까.

2013. 6. 29

아침에 보니 지난밤 어머니 덮어드린 이불 한 쪽이 위로 조금 올라가 있음. 밤에 한 번 일어난 것밖에 없는데… 손에 닿지도 않고, 문을 모두 닫고 잤으니 바람 한 점 일지 않았는데… 드물게 몇 번 있었던 일. 어머니가 주무시다 갑갑하시어 이불을 차버리셨는지.

그 사람이 잘못한 거야. 나는 알고 있어. 하지만 이 사람은 능숙칠 못했던 거야. 결국 이 사람은 이중의 피해자이지. 나는 항상 이 사람이었어. 그로 인해 나는 늘 힘들었지. 그러나 그러한 나로 인해 어머니는 더 힘드셨어. 어머니를 생각했다면, 차라리 그 사람이 낫지 않았을까?

어머니는 행상을 하셔야 했어. 내가 빌린 자전거로 어머니를 마을 입구까지 태워다드리면 어머니는 무거운 다라를 이고 걸어가셨지. 저녁에 같은 장소에 나가 기다리면 어머니가 저만치서 피곤한 몸을 이끌고 걸어오셨어. 나는 엄마 하고 소리치고, 어머니는 천이야 하고 부르셨지. 나는 자전거 뒤에 어머니를 태우고 집으로 돌아오곤 했어. 어머니는 내 뒤에 앉으시어 무슨 생각을 하셨을까. 그때 어머니 연세 마흔셋, 너무도 젊으셨지. 희망이라고는 찾아볼 수 없는 어두운 시기에 어머니는 모든 짐을 혼자 짊어지셨어. 그리고 희망의 끈을 놓지 않으셨어. 바로 나라고 하는 희망의 끈을 끝까지 잡고 계셨어. 몇 년 후 내가 은행에 합격했을 때 어머니는 어떠하셨을까. 혼자 우셨을 거야. 그러니 내가 몰랐지. 그때 어머니의 눈물을 보았다면… 이후 나는 업으로 인해 다 잃어버렸지만, 어머니는 그런 나를 따라다니시며 평생 고생만 하셨지만, 나는 어머니와의 인연을 얻은 거야. 이 세상을 지나 저세상으로 이어지는 어머니와의 인연을…

어머니, 날이 더워지고 있습니다. 장마는 어디로 가고, 낮에 계속 30도가 넘네요. 하지만 아직 멀었죠, 새벽에 선풍기를 틀어도 땀이 뻘뻘

나는 더위가 오려면. 이제 겨우 6월 말인 걸요. 한 달 정도 지나면 그 무서운 더위가 오겠죠. 오는 8월이 두려워요. 어디론가 피해 도망치고 싶어요. 하지만 어김없이 다가오겠죠. 어머니가 계신 저세상은 춥고 더운 게 없다고 하셨죠. 어머니는 더위를 많이 타시는데, 다행이라고 해야 하나요?

 2013. 6. 30

[편지]

어머니 전상서

사랑하는 어머니, 불효 천입니다. 오늘도 편히 지내고 계신지요.

어머니, 제가 가면 어머니 모습이 그대로이실까요? 혹시 이 세상과는 다른 모습 아니실까요? 상관없어요. 아무러면 제가 어머니를 못 알아보겠어요. 저를 보면 알 수 있겠죠. 어머니가 동물의 모습이시면 저도 동물일 테구요, 식물의 모습이시면 저도 식물이겠죠. 어머니가 한낱 딱정벌레이시면 저도 딱정벌레이구요, 어머니가 한 떨기 꽃이시면 저도 한 떨기 꽃이겠지요. 어머니가 어떠하셔도 저는 어머니의 아들이니까요.

어머니, 대단했던 6월이 가는군요. 더 대단한 7월이 오겠죠. 사랑해요, 어머니.

2013년 6월 30일 (오전 10시 56분)

불효 천 올림

2013. 7. 1

[편지]

어머니 전상서

사랑하는 어머니, 불효 천입니다. 오늘도 편히 지내고 계신지요.

어머니, 제가 은행에 계속 있었다면 어머니가 행복하셨을까요? 저는 불행했을 겁니다. 이렇게 자유롭게 살지 못했을 겁니다. 불행한 아들을 두신 어머니는 행복하셨을까요? 어쩌면 어머니 곁에 머물지 못했을지도 모르죠. 누구처럼 저도 어머니에게 더할 수 없는 당혹감만 배로 안겨드렸는지도 모르죠. 제 곁에서 평생 고생은 하셨어도, 그래도 저를 곁에 두셨죠. 그러면 아주 조금은 행복하지 않으셨어요? 저는 어느 것 하나 이룬 건 없지만, 어머니 곁에 있는 것 만으로 더없이 행복했어요.

벌써 7월이네요. 어느덧 한 해의 한가운데 와 있군요. 이 7월을 또 어떻게 보내야 할지, 다가오는 여름을 어떻게 맞아야 할지, 여름이 두려운 건 제 생애 처음입니다. 여름은 항상 그래도 나은 계절이었는데, 이제는 어머니가 떠나가신 이 여름이 정말 무섭습니다.

생각해보니 어머니가 지금의 제 나이 때도 저와 멀리 떨어져 편지를 주고 받으셨군요. 독일에 있는 저와 한 달에 한두 번 편지를 주고 받으며 어머니는 어떻게 견디셨을까요. 그래도 같은 세상 같은 하늘 아래 있으니 지금의 저보다는 나으셨겠죠. 저는 종종 정신을 차릴 수가 없습니다. 이듬해 제가 돌아와 다시 어머니를 만났으니, 내년이면 제가 다시 돌아가 어머니를 만날까요?

오늘 일하는 데 해정이 데리고 나가려구요. 어머니도 같이 가세요. 이따 오셔서 점심 드시고 같이 나가세요. 사랑해요, 어머니.

2013년 7월 1일 (오전 9시 39분)

불효 천 올림

2013. 7. 2

[편지]

어머니 전상서

사랑하는 어머니, 불효 천입니다. 오늘도 편히 지내고 계신지요.

어제 일을 하는 도중 해정이가 갑자기 어머니를 가리키며 울상인 거에요. 그렇게 펄펄 뛰며 어쩔 줄 몰라하는 해정이를 본 건 처음입니다. 어머니 양산을 잃어버렸다는 거에요. 잠시 전에 있었던 곳의 기억을 더듬어 급히 찾아갔어요. 시간이 꽤 지났고 사람들의 왕래도 많은 터미널 대합실이었지만, 양산이 그 자리에 있었어요. 마치 어머니를 다시 만난 듯 반가웠어요. 십년감수했지요. 해정이가 엄마 양산 잃어버릴 뻔했

115

다고 하며 상기된 얼굴로 한숨을 내쉬었어요. 찾아서 천만다행이지요. 만일 잃어버렸으면 해정이나 저나 어머니에게 죄스러워 어떠했을까요.

해정이의 어머니 생각이 지극하네요. 그렇지 않아도 어제 해정이가 밥도 잘 안 먹고 안 나간다 하는 걸 집에 있으면 뭐하느냐고 달래어 데리고 나갔는데, 크게 후회할 뻔했어요.

오늘은 천둥 번개치고 비가 많이 오네요. 본격적인 장마가 시작되나 봐요. 일을 나가기 어려울 듯합니다. 어머니도 편히 쉬세요. 사랑해요, 어머니.

2013년 7월 2일 (오전 10시 17분)

불효 천 올림

 2013. 7. 3

[편지]

어머니 전상서

사랑하는 어머니, 불효 천입니다. 오늘도 편히 지내고 계신지요.

어머니, 이 세상에 와서 평생을 살며 사랑한 사람 하나 없다면 너무도 불행하겠지요. 저는 어머니와 해정이를 사랑했으니, 그리고 사랑을 넘치도록 받았으니, 누구보다 행복한 인생이었죠.

그런데 어머니, 왜 그렇게 서운하셨어요. 제가 부인이 있어 며느리 앞에서 어머니를 무시했나요? 자식이 있어 손주들 앞에서 어머니를 타박했나요? 아무도 없잖아요. 그럴 만한 것은 만들지 않았잖아요. 단지 저와 해정이뿐이잖아요. 무엇이 그렇게 서운하셔서 말씀 한 마디 없이 가셨어요. 어머니, 제가 더 서운합니다. 저를 그렇게 모르셨어요? 어머니 속으로 낳으시고, 반백 년 이상을 옆에 두고 보시고도 이 아들을 그렇게 모르셨어요? 어머니에게 다른 아들이라도 더 있나요? 한 분밖에 없는 어머니가 하나밖에 없는 아들의 마음을 어찌 그리도 모르시나요. 아들에게는 어머니가 전부라는 걸 정말 모르고 떠나신 거에요? 말씀 좀 해주세요. 저는 어찌 하라고 떠나셨어요, 어머니.

저를 위해 떠나셨나구요? 그런 말씀 마세요. 저를 위하신다면 어떻게든 제 곁에 남아 계셨어야죠. 어머니 없이는 안된다는 걸 정말 모르셨어요? 저를 혼내시더라도 옆에 계시면서 혼내셔야죠.

어머니, 제 가슴 속에는 큰 강이 하나 생겼어요. 어머니 그리워 흘러내리는 눈물이 강이 되어 흐르고 있어요. 저는 이 강을 모진강이라 이름지었어요. 어머니가 모질게도 저를 떠나시어 생긴 강이니까요. 母儘江. 이 강물이 넘쳐 곧 제가 통째로 쓸려가버릴 것만 같아요, 어머니.

2013년 7월 3일 (오전 10시 12분)

불효 천 올림

 2013. 7. 4

어느 날 어머니가 내 곁에서 사라지신 거야. 이걸 나에게 받아들이라고? 어떻게 받아들여, 나는 어머니 없이 산 적이 없는데. 반백 년 이상을 어머니는 항상 내 곁에 계셨어. 하룻사이에 우주가 사라졌는데, 어떻게 내가 받아들여. 이거 혹시 몰카 아니야?

어머니는 어려운 가운데에서도 우리에게 다 해주셨어. 어머니로서, 부모로서, 자식이 느낄 수 있도록 해주셨어. 그런데 우리는 어머니에게 해드린 게 없어. 그저 옆에만 있었을 뿐이야.

 2013. 7. 5

돌아가신 지 열한 달

[편지]
어머니 전상서
사랑하는 어머니, 불효 천입니다. 오늘도 편히 지내고 계신지요.
어머니, 오늘이 어머니 돌아가신 지 열한 달 되는 날이네요. 이제 한 달 후면 일 년이군요. 일 년… 어머니, 저는 여전히 살아 있는 걸까요? 어머니 안 계신 세상에서도 제가 일 년씩이나 살 수 있는 걸까요? 제가 꿈을 꾸고 있는 건 아닐까요? 혹시 사람들이 말하는 몰래카메라는 아닐까요? 어머니는 어디 살아 계시면서 저를 바라보고 웃고 계신 건 아닌가요?

어제 사진 한 장 보내드렸는데, 받아보셨죠? 저녁에 작은 새 한 마리가 창문 밖 전깃줄에 비를 맞고 앉아 있었어요. 한참을 날아가지도 않고 그 비를 다 맞고 있었어요. 혼자서 말이에요. 아무도 없었나요? 왜 그렇게 비를 맞고 있었을까요. 이미 어두워졌는데, 갈 곳이 없었을까요? 날개가 비에 젖으면 날기도 어려울 텐데요.

한참 후에 보니, 날아갔어요. 어디로 갔을까요. 잘 갔을까요? 어디서 또 비를 맞고 있는 건 아닐까요? 어머니, 그 새는 어디로 갔나요. 어머니는 아시죠? 어디 잘 들어가 있나요? 가족들은 만났나요?

어머니, 요즘 제가 너무 힘들어요. 같은 일인데도 갑자기 더 힘들어졌어요. 이 일도 힘들면 다른 일은 어떻게 하겠어요. 다리가 천만근이고, 어떤 일에도 자신이 없어요. 무엇이든 엄두가 나지 않아요. 무기력증이 더욱 심해져 마치 연체동물이 된 것 같아요. 점점 울화를 자제할 수 없고, 성격도 난폭해지고 있어요. 이러다 무슨 일이라도 일어날 것만 같아요. 그래도 정신이 있을 때 어머니에게 가는 게 낫지 않아요? 정신이라도 놓아버리면 어머니에게 가지도 못하고 이 세상을 떠돌겠죠? 어머니, 저는 어찌하면 좋아요?

2013년 7월 5일 (오전 10시 16분)

불효 천 올림

[편지]

어머니 전상서

사랑하는 어머니, 불효 천입니다. 오늘도 편히 지내고 계신지요.

어머니, 새벽에 일어나 식사 마치고 저 일 나가기 전에 어머니를 전용 자가용에 모시고 동네 한 바퀴 돌던 일이 생각납니다. 어머니 운동시켜 드리기 위해 한 시간 먼저 일어났지요. 그렇게 아직 어두운 새벽에 어머니를 모시고 나오면 어머니는 아주 좋아하셨어요. 사람도 거의 없는, 불빛만 드문드문 있는 거리를 어머니와 저 해정이, 이렇게 우리 세 식구만이 다정하게 얘기하며 걸어갔죠. 어머니, 그때 생각나세요? 시장에 오면 떡집만 열어 놓았지요. 어머니는 떡집이 제일 일찍 문을 연다고 하셨어요. 어머니 인절미 좋아하시는데, 어머니 계신 곳에도 떡집이 있나요? 요즘도 종종 인절미를 드시나요? 그 인절미는 누가 사다 드리나요?

요즘도 오토바이 산다는 사람이 여전히 다녀요. 조금 전에도 마이크에 오토바이 산다고 외치며 지나갔어요. 어머니도 들으셨죠?

어머니는 늘 저와 저녁을 같이 못 드시는 걸 안타까워하셨죠. 오늘 오셔서 같이 드세요. 사랑해요, 어머니.

2013년 7월 7일 (오전 11시 52분)

불효 천 올림

2013. 7. 8

　오늘 비가 오고 일도 없어 전에 없이 낮잠을 꽤 많이 잤다. 그런데도 초저녁에 너무 피곤해 일찍 잠자리에 들려 하는데, 갑자기 정신이 또렷해지고 무언가에 이끌리듯 인터넷을 뒤지게 되었다. 그리고 너무도 슬픈 이야기를 알게 되었다. 마치 어머니와 나의 이야기를 뒤늦게 안 것처럼 아련했다. 어떻게 해서 나는 잠을 자려다 말고 갑자기 북극성과 북두칠성을 검색하게 되었을까. 그리고 이 늦은 시간까지 이러고 있는 걸까. 이를 위해 낮잠을 미리 자둔 것일까. 북두칠성은 큰곰자리, 북극성은 작은곰자리. 나는 어머니의 작은곰…

2013. 7. 9

[편지]

어머니 전상서

　사랑하는 어머니, 불효 천입니다. 오늘도 편히 지내고 계신지요.

　어머니, 어제는 하루 종일 비가 왔어요. 비가 와 집에서 쉬고 있자니 어머니 생각이 끊이질 않았어요. 때로는 즐거운 추억도 있지만, 가슴 아픈 기억이 훨씬 더 많았어요. 제가 더할 수 없는 불효자라는 걸 확인하고 또 확인했어요.

어머니, 밤하늘에 빛나는 북두칠성과 북극성을 아시죠? 우리 어려서 시골 살 때 많이 보았던 별들이죠. 그 북두칠성과 북극성에 슬프고도 아름다운 이야기가 숨어 있네요. 칼리스토와 아르카스, 마치 어머니와 저의 이야기인 것 같아요. 큰 위기가 있었지만, 다행히 어머니와 아들은 모두 밤하늘의 별이 되어 다정히 서로를 바라보고 있네요. 어머니 칼리스토 공주는 북두칠성, 아들 아르카스는 북극성, 어머니와 아기곰은 그렇게 항상 서로의 곁을 지키고 있군요. 너무도 가슴 아린 이야기지요?

"흐르는 물결이 눈물인가 봐…"

이것은 어머니가 예전에 병원에 한 달간 입원하셨다 퇴원하시며 작사 작곡하시어 부르신 노래입니다. 마치 지금의 우리 심정을 미리 알고 계셨다는 듯이 말이죠. 어머니의 유일한 자작곡, 지금도 가끔 부르시나요?

어머니, 오늘은 비가 그치면 오후에 나가 일하고 오겠어요. 해정이 혼자 집에 있으니 오셔서 같이 계셔주세요. 사랑해요, 어머니.

2013년 7월 9일 (오전 10시 46분)

불효 천 올림

 2013. 7. 12

[편지]

어머니 전상서

사랑하는 어머니, 불효 천입니다. 오늘도 편히 지내고 계신지요.

어제는 비가 조금씩 오는데 그냥 다니며 일했어요. 모자를 써 머리에 비가 맞지는 않았어요. 다리도 무거웠지만, 어머니 생각에 더 가슴이 아팠어요. 비는 내리는데, 제 가슴속 모진강도 끝없이 흘러내렸어요. 어머니가 한없이 보고 싶었어요. 제가 세상에서 제일 불행하게 느껴졌어요.

어머니와의 아픈 추억이 서린 장소는 왜 그리 많은지, 가는 곳마다 그 시절이 떠올라 너무도 힘들었어요. 제겐 오직 어머니 한 분뿐이신데, 제 모든 것이고, 우주인데, 왜 그렇게 불효만을 저질렀을까요. 이게 제 뜻일까요? 아니면 무슨 다른 뜻이 작용한 걸까요? 제 머리로는 도저히 해독이 불가능합니다. 어머니가 오시어 말씀해주시지 않으면 이대로는 견딜 수 없어요. 제가 직접 알아보아야죠.

어머니, 오늘도 비가 오네요. 웬만하면 오후에 일하고 오려구요. 오늘도 많이 힘들겠지요. 집에 혼자 있는 해정이도 힘들 거에요. 오셔서 같이 계셔주세요. 사랑해요, 어머니.

2013년 7월 12일 (오전 9시 10분)

불효 천 올림

무슨 비가 이렇게… 이 비가 누군가에게는 또 무슨 사연이 될 수도 있겠지.

그 할머니가 또 생각나. 밤새 비가 이렇게 많이 왔는데, 어디에서 잘 계신지. 점심 때인데, 여쭤보고 안 드셨으면 어디 가서 점심이라도 사드릴 걸 그랬나. 그 할머니를 한 번이라도 다시 만나보았으면… 어머니는 아니실 거야.

[편지]

어머니 전상서

사랑하는 어머니, 불효 천입니다. 오늘도 편히 지내고 계신지요.

어머니, 어제 점심 식사 후 어머니에게 다녀온다고 인사드리고 집을 나서는데, 아랫층 계단 한 편에 머리가 하얀 웬 할머니 한 분이 앉아 계셨어요. 뒷모습이 어머니를 많이 닮으셨고, 연세도 꼭 어머니 정도 되어 보이시어 얼굴을 한 번 보고 싶었지만 무안하실까 어떻게 쳐다보나 하고 옆으로 지나쳐 내려오는데, 할머니가 "미안합니다." 하시는 거에요. 제가 쳐다보니 다시 "미안합니다, 여기 앉아 있어서." 하시는 거에요. 저는 할머니에게 괜찮다고 하며 손짓을 했어요. 그런데 그 할머니 얼굴이 어머니를 많이 닮으신 거에요. 게다가 나즈막한 음성까지, 허름하지만 깨끗이 옷을 입으신 단아한 모습까지, 마치 어머니를 보는 듯 했어요.

저는 순간 멈칫했어요. 어머니가 거기 앉아 저를 바라보시는 것 같았어요. 저는 평소대로 편지함을 살펴본 후 그 할머니를 한 번 더 보고 싶었지만, 그냥 집을 나왔어요. 용기가 나지 않았는지도 모르죠. 그런데 시장을 거쳐 지하철역까지 오는 도중 마주오는 할머니와 아주머니들의 얼굴이 모두 어머니를 닮은 거에요. 아주머니들은 마치 젊은 시절의 어머니를 보는 듯했어요. 수없는 어머니가 저를 향해 다가오고 있었어요.

어머니, 그 할머니는 누구일까요? 그리고 왜 거기 앉아 계셨을까요? 갈 곳이 없으셨을까요? 조금 전까지 비가 왔는데, 단순히 지나가시다 비를 피해 들어오신 걸까요? 혹시 어머니가 혼령으로 오신 건 아니세요? 저를 보시려고 제가 나오는 시간에 맞추어 거기 와 계셨던 건 아니세요? 마치 전날 제가 일을 하다 비가 많이 와 어느 건물 계단에 앉아 쉬던 것 처럼 앉아 계셨어요.

일 마치고 저녁에 집에 오니 역시 생각대로 할머니는 안 계셨어요. 생각은 했지만 그래도 조금 서운했어요. 그 할머니는 어디로 가셨을까요. 가족이 있는 집으로 무사히 가셨을까요?

어머니, 지금도 그 할머니가 자꾸 생각이 나요. 정말 어머니였으면 어쩌나, 말씀 한 마디라도 더 따뜻하게 해드릴 걸, 아니, 손이라도 한 번 잡아드릴 걸 하는 아쉬움이 계속 저를 붙잡고 있어요. 어머니, 정말 어머니는 아니시죠? 어머니라면 제가 못 알아볼 리 없죠? 그렇죠, 어머니?

저는 모르겠어요. 어떻게 어머니에게서 저 같은 아들이 나왔는지, 이렇게 조금도 어머니를 닮지 않은 아들이. 어머니를 만 분의 일이라도 닮았으면…

어머니는 원래 전설대로 어느 나라 공주이셨고, 저는 어머니의 종이
었나 봐요. 그런데 어머니가 무슨 사연으로 이 세상에 오시며 저를 아
들로 거두어주셨죠. 그러니 어머니와 저는 이렇게 닮은 곳이 없죠. 저
는 고마움도 모르고 불효만을 저질렀죠. 그래도 어머니는 평생 저를 용
서하셨죠. 무조건 제 편이 되어주셨죠. 이제 다시 어머니의 종이 되어
영원히 어머니 곁에 있고 싶어요.

오늘 초복인데, 비가 와서 그리 덥지는 않네요. 사랑해요, 어머니.

2013년 7월 13일 (오전 10시 32분)

불효 천 올림

이렇게 여름이 힘든 계절인지 몰랐어. 나는 여름이 좋았어. 그런데
어머니가 여름에 떠나신 후 여름이 싫어졌어. 두려워졌어. 여름이 오지
않았으면 했어. 그러나 결국 이 여름은, 이 더위는 내 심장을 후벼파고
있어.

오늘도 어떻게 지나왔는지 모른다. 하루 하루 이렇게 지나가야 되나.
언제까지? 분명 한계는 있을 거야. 언제까지나 이렇게 임시로 지낼 순
없으니까.

[대화]

엄마, 오늘 제 편지 받아보셨죠? - 그렇다고.

어제 집 계단에 앉아 계시던 그 할머니는 누구일까요. 엄마는 아니시죠? – 그렇다고. 엄마가 오신 건 아니시죠? – 그렇다고.

오늘 초복인데, 비가 참 많이 왔어요. 어제부터 서울도 밤새도록 열네 시간 이상 쏟아져 이백 밀리가 넘게 왔어요.

 2013. 7. 14

[편지]

어머니 전상서

사랑하는 어머니, 불효 천입니다. 오늘도 편히 지내고 계신지요.

어머니, 현관문을 열고 집을 나설 때면 가끔 옆집에서 아주 정겨운 냄새가 나요. 고등어를 조리고 있나 봐요. 어머니도 예전에 고등어조림 많이 해주셨죠. 먹어본 지 너무 오래되어 기억이 가물가물하지만, 냄새만큼은 금방 알 수 있어요. 어머니, 고등어조림 먹고 싶어요. 고등어조림 한 번 해주세요. 어머니가 해주시는 고등어조림 한 번만 먹게 해주세요.

어머니, 공주님이라고 한 번 불러보고 싶어요. 공주님, 제 어머니가 되어주셔서 고맙습니다. 다시 공주님을 모실 수 있게 해주세요.

공주님, 며칠째 계속 비가 많이 오네요. 지금도 억수같이 쏟아지고 있어요. 저 비가 또 누군가에는 아픔이 될 수도 있겠죠. 저도 공주님을 생각하면 너무도 가슴 아픈 추억이 많습니다. 다시 뵙게 되면 그런 불충은 없을 겁니다. 사랑해요, 공주님.

2013년 7월 14일 (오전 10시 46분)

불충 천 올림

 2013. 7. 16

엄마, 아침 드세요. 해정이가 오랜만에 콩나물국을 끓였네요. 아주 잘 끓였어요. 꼭 엄마가 예전에 끓여주시던 것 같아요. 정확히 3인분, 우리 세 식구 한 번 먹을 수 있는 양이네요.

 2013. 7. 19

어머니가 돌아가셨다는 사실이 문득 문득 믿기지가 않아. 모두가 거짓말처럼 느껴져. 차라리 몰카였으면. 어머니가 저 편에서 나를 보고 웃고 계셨으면. 때도 없이 솟아나는 눈물을 어찌할 수 없어. 마치 꿈을 꾸고 있는 듯, 나는 순간순간 실성해버릴 것만 같아. 그러나 이젠 너무 슬퍼하지 말아야지? 정신을 차려야지?

어머니는 내 나이이실 때 독일에 있는 나와 편지를 주고 받으셨지. 가끔 국제통화도 하시고. 이제 내가 그때의 어머니 연세가 되니 저세상에 계신 어머니에게 편지를 쓰는구나. 대화도 하고. 그때와 다른 점은 내 편지에 답신이 없으시다는 것, 그리고 음성을 들을 수 없다는 것.

 2013. 7. 20

[편지]

어머니 전상서

보고 싶고 그리운 사랑하는 어머니, 오늘도 편히 지내고 계신지요.

매일 아침 그렇듯 오늘도 엄두가 안 났지만 또 어떻게 일어나 세수하고 아침 먹고, 이렇게 어머니 앞에 섰네요.

해정이가 요즘 더 살갑게 구네요. 제가 밖에 나갔다 와 어머니에게 인사를 안 드리고 있으면 어서 엄마에게 인사드리라고 해요.

냉장고가 고장나 못 쓰게 되는 바람에 지난 수요일 중고 냉장고를 하나 사왔어요. 해정이는 지금 앞에서 깍두기 담았어요. 냉장고가 고장나 깍두기를 못 담았더니 해정이 먹을 게 없네요. 요즘은 매일 아침 콩나물국을 끓여 먹고 있어요. 날이 더워 냉장고에 넣어놓아도 일주일씩 두면 상할 염려가 있어 당분간 미소시루는 안하려구요.

어머니, 저도 엄마를 쳐다보며 찌찌를 먹었겠죠? 제가 엄마 품에 안겨 찌찌를 맛나게 먹던 그 아기인가요? 찌찌를 너무 빨아먹어 엄마 찌찌 수술까지 받게 했던 그 아들인가요?

늘 비가 오고 흐렸는데, 오랜만에 날씨가 쾌청하네요. 제 마음도 조금은 진정이 되는 것 같습니다.

어머니, 오늘은 토요일이라 오후에 사무실에 가서 스티커를 가져와야 해요. 집에 오셔서 해정이와 같이 계셔주세요. 사랑해요, 어머니.

2013년 7월 20일 (오전 11시 19분)

불효 천 올림

오늘 사무실에 가니 사장이 나름대로 기분이 좋은 듯 이야기를 많이 한다. 주문이 좀 들어온 걸까? 물어보지 않아도 이것저것 이야기한다. 본인의 사회관, 가치관, 사업상의 고충이랄까. 이야기를 듣다보니 평소보다 많이 늦음. 누군가와 마주 앉아 이렇게 한 시간씩이나 대화해본 지도 무척 오래되었구나.

 2013. 7. 21

[편지]

어머니 전상서

사랑하는 어머니, 불효 천입니다. 오늘도 편히 지내고 계신지요.

어머니, 오늘이 어머니 돌아가신 지 350일 되는 날이네요. 보름 후면 꼭 1년이군요. 어느덧 저세상으로 가신지 1년, 저희는 어머니 안 계신 이 세상에서 1년, 왜 이런 일이… 돌아오는 어머니 기일이 두렵습니다. 어떻게 맞아야 할지… 모진강은 또 넘쳐나겠지요.

이번에 안경을 새로 해야할 것 같아요. 안경을 한 지도 오래 되었고, 시력도 많이 떨어졌나 봐요. 벌써부터 돗수가 맞지 않아 불편했어요.

어머니, 오늘은 일요일이라 집에 있어요. 어머니도 오셔서 저희와 같이 지내세요. 사랑해요, 어머니.

2013년 7월 21일 (오전 11시 16분)

불효 천 올림

 2013. 7. 24

[편지]

어머니 전상서

사랑하는 어머니, 불효 천입니다. 오늘도 편히 지내고 계신지요.

어머니, 어제 안경점엘 갔었어요. 예전에 쓰던 테가 거의 멀쩡해 렌즈만 갈고 쓰려구요. 그런데 양쪽 나사가 삭아 중간이 부러져 수리가 어려울 수도 있다고 하네요. 안경점 직원도 왜 이렇게 되었는지 알 수 없다는 표정이었어요. 쇠로 된 안경테 나사가 삭아 그리 될 정도의 환경에서 제가 일을 한 거죠. 그래도 저는 어떻게 견뎠는데, 어머니가 못 견디고 가신 거죠. 그런 저를 바라보시며 저보다 오히려 열 배 백 배 더 힘드셨던 거죠. 그런 나의 어머니시죠.

어머니, 오늘도 오후에 나가 일하고 오겠습니다. 집에 해정이 혼자 있으니 오셔서 같이 계셔주세요. 사랑해요, 어머니.

2013년 7월 24일 (오전 8시 56분)

불효 천 올림

 2013. 7. 25

[편지]

어머니 전상서

사랑하는 어머니, 불효 천입니다. 오늘도 편히 지내고 계신지요.

지난주에 가져온 냉장고가 냉장과 냉동이 모두 잘 안되고 하루 종일 귀뚜라미 소리가 나 어제 냉장고를 다시 바꿨어요. 중고 냉장고를 가져오다보니 손이 많이 갔어요.

오늘도 오후에 일하고 오겠습니다. 오셔서 해정이와 같이 계셔주세요. 사랑해요, 어머니.

2013년 7월 25일 (오전 10시 21분)

불효 천 올림

 2013. 7. 27

[편지]

어머니 전상서

사랑하는 어머니, 불효 천입니다. 오늘도 편히 지내고 계신지요.

어머니, 지난 수요일 가져온 냉장고도 다시 가져갔어요. 하루가 지나니 냉장이 전혀 되질 않았어요. 어제 대략 30년 만에 처음으로 우리집에 냉장고가 없는 날로 기록되었어요. 냉장고는 중고를 쓰기가 어렵네요. 해정이는 냉장고가 없어 걱정이고, 냉장고 하나도 새 것으로 사주지 못하는 제가 참으로 딱해 보였어요.

어제 지하철역에서 희한한 광경을 목격했어요. 한 육칠십 대 노인이 공중전화기 동전 출구마다 손가락을 넣어보며 다니는 거에요. 혹시 거기에 사람들이 안 가져가고 남아 있는 동전이 있나 살피며 다니는 것 같았어요. 살기가 그렇게 어려운 거죠. 저도 처음에는 다소 의아했는데, 마냥 남의 일만이 아니더군요.

어머니, 밖에 나가보면 의지할 곳 없는 노인들이 살기 위해 한 푼이라도 벌려고 애쓰는 모습을 거리에서 쉽게 볼 수 있어요. 제가 잘 모시지는 못했어도 어머니는 그런 건 없으셨죠? 저는 모자라지만 그런 자식도 없네요. 이대로 간다면 곧 다가올 제 미래를 보는 듯했어요.

오후에 사무실 다녀오겠습니다. 집에 해정이 혼자 있으니 오셔서 같이 계셔주세요. 사랑해요, 어머니.

2013년 7월 27일 (오전 10시 17분)

불효 천 올림

 2013. 7. 28

[편지]

어머니 전상서

사랑하는 어머니, 불효 천입니다. 오늘도 편히 지내고 계신지요.

어머니 기일이 가까워오니 날도 더 더워지고, 이렇게 모두가 힘겹고 숨이 막힙니다. 작년 이맘때 어머니도 저도 우리 모두 몹시 힘들었죠. 저는 제대로 되지도 않는 일을 어렵게 다니며 어머니 마음을 아프게 해 드렸죠.

어머니, 조금 전에 막내이모에게서 전화가 왔어요. 어머니도 들으셨 죠? 지난 연말쯤 통화하고 반년이 지나 처음이네요. 이모도 건강이 안 좋으신가 봐요. 췌장에 혹이 있다고 해서 모레 병원에서 검사를 받으신 다고 하네요. 이모가 괜찮으셔야 할 텐데요.

어머니, 보고 싶어요. 사랑해요, 어머니.

2013년 7월 28일 (오후 4시 28분)

불효 천 올림

 2013. 7. 31

[편지]

어머니 전상서

보고 싶고 그리운 사랑하는 어머니, 불효 천입니다. 오늘도 편히 지내고 계신지요.

어머니, 오늘 냉장고 들여왔어요. 용산에 주문해서 새 걸로 가져왔어요. 아까 어머니에게도 보여드렸죠? 중고 냉장고를 두 번이나 들여왔다 내간 다음 며칠을 두고 고민했어요. 새 냉장고는 꽤 부담이 되니까요. 저 같으면 냉장고 없이 그냥저냥 지냈으면 좋겠는데, 해정이 때문에 안 되겠어요. 냉장고 없이 지낸 지 나흘만에 결단을 내린 겁니다. 15년만에 우리집에 새 냉장고가 들어왔네요.

저는 어머니 기일을 맞는 것이 큰 걱정입니다. 제가 과연 기일에 어머니 차례를 제대로 모실 수 있을지 두려워요. 내일로 다가온 8월이 벌써 저를 숨막히게 합니다. 기일이 지나면 또 그 아픈 상처를 안고 어떻게 살아가야 할지요. 어머니 없이 산다는 건 저에겐 너무 가혹한 형벌입니다.

어제 은행에 가서 공과금을 모두 냈어요. 그리고 여기저기 다니며 일하는데 여러 생각이 겹쳐 몹시 힘들었어요. 조금 있다 오셔서 저녁 함께 드셔요. 사랑해요, 어머니.

2013년 7월 31일 (오후 5시 12분)

불효 천 올림

135

아침부터 매미가 울고 있다. 저 매미는 이 여름이 지나면 가겠지?

[편지]

어머니 전상서

사랑하는 어머니, 불효 천입니다. 오늘도 편히 지내고 계신지요.

어머니, 어제 사온 냉장고는 잘 돌아갑니다. 저는 어머니도 안 계신데 큰 건 뭐하나 싶어 작은 걸로 하나 가져오려 했는데, 해정이가 안된다 네요, 보리차도 그렇고, 늘 넣던 것들을 넣을 수 없다고. 그래서 전에 쓰던 것과 같은 크기로 가져왔어요. 새 냉장고를 가져오는 바람에 안경은 보류했어요.

이제 8월이네요. 너무도 가슴 아픈 8월이 시작되는군요. 작년 오늘 해정이가 50년만에 경기 중세를 일으키고, 불과 나흘 뒤에 어머니가 돌아가셨죠. 어떻게 그런 일이 있을 수 있는지. 이렇게 일 년씩이나 여기 남아서 어머니 기일을 맞게될지, 누가 알았겠어요.

어머니, 제 가슴에 흐르는 강을 알고 계시죠? 제 가슴 속에는 모진 강이 흐르고 있어요. 어머니를 따라가지 못하고 있는 자식의 가슴에 흐르는 강이에요. 그동안 강물이 넘쳐 제 가슴은 몇 번이고 온통 쓸려 내려갔어요. 어떻게 해서든 어머니 기일은 모셔드려야죠. 사랑해요, 어머니.

2013년 8월 1일 (오전 10시 32분)

불효 천 올림

어머니는 휴가 가신 거죠? 휴가철이 되어도 제가 안 모시고 다니니 참다 못해 그냥 혼자 떠나신 거죠? 제가 잘못했어요, 어머니. 이제 잘 모시고 다닐게요. 그만 돌아오셔야죠. 그렇다고 일 년이 돼도 안 오시면 어떡합니까.

 2013. 8. 2

[편지]

어머니 전상서

사랑하는 어머니, 불효 천입니다. 오늘도 편히 지내고 계신지요.

어머니, 큰 두려움 속에 맞았던 8월의 첫날이 지나갔군요. 꽤나 힘겹게 말이죠. 사흘 뒤면 어머니 기일이고, 저는 이 8월을 온몸으로, 온 영혼으로 끌어안겠죠. 거기에 어머니가 계실까요? 어머니를 뵙게 될까요? 그렇다면 용기를 내어 마지막 힘까지 다해 한 번 부딪혀보려구요.

어머니, 오늘은 오후에 일하러 가는데 해정이를 데려가려 합니다. 그동안 냉장고 문제도 있고 경황이 없어 너무 집에만 있게 했어요. 오랜만에 바람도 쏘이고 운동도 시켜주려구요. 해정이도 좋아하네요. 어머니

도 같이 가세요. 이따 오셔서 저희와 점심 드시고 같이 나가시면 됩니
다. 사랑해요, 어머니.

2013년 8월 2일 (오전 10시 28분)

불효 천 올림

[시]

풀벌레

풀벌레가 우는구나

지난해와

그 지난해와도 같이

풀벌레도

여름이 온 걸 잊지 않고

울어대는데

어머니는

어디로 가신 걸까

2013. 8. 3

어머니를 닮은 냉장고도 어머니처럼 떠나버렸어. 고장 한 번 없이 묵묵히 십여 년을 돌아가던 냉장고가 갑자기 떠나갔어. 잘 가란, 잘 있으란 인사도 없었어. 중고 냉장고도, 돈을 들인 새 냉장고도, 그 냉장고 같지 않아. 있는지 없는지도 모르게 마냥 조용하던, 그러면서도 제 역할에 더없이 충실하던, 벌써 가버린 그 냉장고가 그리워지는구나.

이 홀쭉한 배낭이 지금 나의 벗이구나. 백여 장의 자석스티커와 접는 우산, 그리고 땀에 절어 허옇게 소금이 내려앉은 낡은 모자 하나. 내가 어머니에게 돌아갈 때 이 배낭을 메고 갈까? 아니면, 놓고 갈까? 어머니도 알고 계신 배낭이니 메고 가는 게 낫지 않을까? 어쩌면 이런 건 필요 없을지도 모르지, 이 세상의 물건은.

어머니는 그렇게 가셨어, 옆집에 가시듯 한 마디 말씀도 없이.

2013. 8. 4

[편지]

어머니 전상서

사랑하는 어머니, 불효 천입니다. 오늘도 편히 지내고 계신지요.

어머니, 내일이 어머니 기일이에요. 오늘 해정이 데리고 시장에 다녀오려 해요. 어머니 좋아하시는 음식 좀 준비하려구요. 어머니도 같이 가셔요. 오랜만에 저희와 같이 장도 보시고 하세요. 이따 저희와 점심 드시고 같이 나가세요.

내일 아침에는 오셔서 저희들이 마련해드린 음식 맛있게 드세요.

그리고 내일은 하루 쉬려고 했는데, 오후에는 평소대로 일을 나가는 게 어떨까 해요. 집에 있으면 너무 괴로울 것 같아요. 어머니 생각은 어떠세요. 내일 아침에 오셔서 식사하시고 계시다 점심 드시고 저희와 함께 다녀오실래요? 아니면 집에서 쉬시는 게 좋으시겠어요. 이따 대화 시간에 말씀해주세요.

어머니, 이제 떠나신지 일 년이군요. 제가 일 년을 버틴 건 기적과도 같습니다. 다시 기적을 바랄 순 없어요. 제 마음은 이미 어머니 곁에 가 있습니다. 사랑해요, 어머니.

2013년 8월 4일 (오전 9시 12분)

불효 천 올림

[대화]

엄마, 오늘 저희와 함께 시장에 다녀오셨죠? - 그렇다고. 오랜만에 장은 재미있게 보셨어요? - 그렇다고. 엄마 좋아하시는 음식 좀 준비했어요. 내일 아침에 오셔서 드세요.

그리고 내일은 새벽에 엄마 기일 모셔드리고 오후에는 평소대로 일하러 나가려는데, 엄마 생각은 어떠세요. 내일 하루 쉬는 게 낫겠어요?

– 아니라고. 일하는 게 좋을까요? – 그렇다고. 그럼 엄마도 저희와 같이 가시겠어요? – 그러신다고. 그래요, 내일 같이 나가세요.

엄마, 이제 주무세요. 저도 잘게요. 코 주무세요. – 그러신다고. 사랑해요, 엄마. – 엄마도 사랑하신다고.

2013. 8. 5

기일 – 돌아가신 지 365일 / 열두 달 / 1년

제사 모심.
나와 해정이 어머니에게 세 번 절함.
어머니에게 절을 드리려 하니 눈물이 터져 나옴.

내가 그렇게 살았구나, 하루 같이. 1년이 지났으니, 기한을 채운 것이다. 한 바퀴 돌았으니, 완주한 것이다.
물이 바다로 흘러가듯, 나는 어머니에게 갈 것이다.
나는 새가 되고 싶어. 인간보다 행복한 게 새야. 어머니와 함께 새가 되어 저 하늘을 마음껏 날아다니고 싶어.

[편지]

어머니 전상서

꿈에도 보고 싶고 그리운 사랑하는 어머니, 불효 천입니다. 오늘도 편히 지내고 계신지요.

어머니, 오늘이 돌아가신 지 꼭 일 년 되는 기일이군요. 그동안 저 없이 해정이 없이 어떻게 지내셨어요. 저는 어머니 안 계신 세상을 일 년을 버텨왔군요. 또 다시 일 년은 생각하기도 싫습니다. 이제 기한을 채웠다고 생각해요.

오늘 어머니에게 절을 올리며 울지 않으려 했는데, 눈물이 터져 나왔어요. 죄송해요, 어머니, 못난이처럼 눈물을 보여서. 원래 저는 못난이잖아요, 어머니 없이는 살 수 없는 못난이. 저희가 준비한 음식은 맛있게 드셨어요? 그러시다구요? 그런데 음식이 하나도 줄지를 않았네요. 어머니, 많이 좀 드시지 그러셨어요.

어머니, 오늘은 어머니 기일이고 해서 하루 쉬려 했으나, 집에만 있으면 제가 너무 힘들 것 같아 평소대로 오후에 나가 일하고 오려 해요. 어머니도 좋다고 하셨죠? 저희와 함께 다녀오시기로 하셨죠? 조금 있다 점심 드시고 같이 나가세요. 사랑해요, 어머니.

2013년 8월 5일 (오전 10시 50분)

불효 천 올림

어머니, 우리 세 식구 다 같이 오후에 나가 잘 일하고 왔는데, 해정이가 저녁에 머리가 아프다며 힘들어하네요. 두통약을 먹으면 경기 증세가 나타날까봐 쉽게 주지도 못해요. 청심원 한 병 먹이고 좀 자라고 뉘었는데, 조금 있다 일어나 앉아 있네요. 오늘이 어머니 기일인 것을 해정이도 아는 모양이에요. 다시 눕더니 잠들었네요. 오늘 제 가슴도 가슴이 아닌데, 더 미어집니다. 한 반 시간 누워 있더니 조금 나아졌는지 일어나네요. 국 데우지 말고 그냥 먹자 하니까, 엄마는 어떻게 하느냐고 하네요. 엄마도 그냥 드신다고 하니 안된다고 하며 가서 국을 데우고 있어요. 해정이가 엄마 생각을 그렇게 하네요.

[대화]

엄마, 오늘이 엄마 기일이에요. 아침에 오셔서 맛있게 드셨어요? – 그렇다고. 저희들이 올린 절도 받으셨죠? – 그렇다고. 해정이 사진 보내드렸는데, 받아보셨어요? – 그렇다고.

오늘 엄마 기일인데도 일하고 왔어요. 엄마도 저희와 같이 다녀오셨죠? – 그렇다고. 기일에 아들 일하는 데 따라갔다 오신 분은 엄마밖에 안 계실 거에요.

엄마, 이제 주무세요. 저도 잘게요. 코 주무세요. – 그러신다고. 사랑해요, 엄마. – 엄마도 사랑하신다고.

[편지]

어머니 전상서

사랑하는 어머니, 불효 천입니다. 오늘도 편히 지내고 계신지요.

어머니, 8월이 가까워오며 어머니 기일을 어떻게 모시나 걱정이 많았는데, 어제는 예상 외로 비교적 무난했어요. 눈물도 많이 안 흘리구요.

어제 오후에 어머니와 함께 일하러 나가서는 그리 힘들지는 않았으나 이상하게 피곤했어요. 해정이도 다녀와서 저녁에 잠시 머리가 아프다고 누워 있었어요. 어머니 기일임을 우리 모두 느낀 거죠.

작년 오늘, 돌아가신 다음날, 어머니는 차디찬 냉동고에 누워 계셨죠. 마치 주무시듯 어느 때보다 편안한 모습이셨어요. 어머니는 더위를 많이 타시는데, 이 더운 세상보다는 차가운 냉동고가 더 나으셨는지도 모르죠. 그래서 저에게 말씀 한 마디 없이 떠나셨는지도요.

어머니, 우리는 다시 만나겠죠? 사랑해요, 어머니.

2013년 8월 6일 (오전 9시 57분)

불효 천 올림

기일 다음 다음날 – 돌아가신 지 이틀 만에 화장되어 떠나신 날

[편지]

어머니 전상서

사랑하는 어머니, 불효 천입니다. 오늘도 편히 지내고 계신지요.

어머니, 오늘이 입추네요. 그리고 작년 오늘, 어머니가 돌아가신 지 이틀 만에 화장되어 떠나신 날이구요…

어머니, 오늘도 지희와 일하는 데 같이 다녀오세요. 오셔서 점심 드시고 함께 나가시면 됩니다. 사랑해요, 어머니.

2013년 8월 7일 (오전 9시 39분)

불효 천 올림

나는 어릴 때 엉뚱한 상상을 많이 했어. 사람들이 모두 한 방향으로 달려가다 하늘로 올라가는 꿈인지를 꾸었는가 하면, 빨간색의 조그만 우산 손잡이 안이 무척 넓어 그 안에 사람들이 많이 산다고 친구에게 말하기도 했어. 모두 내가 국민학교 입학 전후의 일이야.

[편지]

어머니 전상서

보고 싶고 그리운 사랑하는 어머니, 불효 천입니다. 오늘도 편히 지내고 계신지요.

어젯밤 창밖을 보니 달이 많이 커져 제법 동그랬어요. 마치 어머니의 얼굴인양 우리를 들여다보고 있었어요. 제가 보면 볼까 구름 뒤로 숨고, 안 보면 다시 나와 우리들을 지켜보는 것 같았어요.

어머니는 늘 제가 옷이 더러워질 정도로 힘든 일을 하는 걸 안타까워하셨죠. 저보다 더 못 견뎌하셨어요. 하지만 이번 일은 그렇게 힘들고 더러운 일이 아니니 옷을 갈아입을 필요도 없네요. 집에도 일찍 오니, 어머니가 계셨으면 얼마나 좋아하셨겠어요. 사랑해요, 어머니.

2013년 8월 17일 (오전 11시 06분)

불효 천 올림

[편지]

어머니 전상서

사랑하는 어머니, 불효 천입니다. 오늘도 편히 지내고 계신지요.

어머니가 떠나신 이후 몇 가지 이상한 일이 일어나고 있어요. 어머니 살아 계실 때는 쌀을 보통 2주에 한 번씩 가져왔는데, 지금은 4주에 한 번씩 가져오고 있어요. 어머니 한 분 안 계시다고 쌀 소비량이 절반으로 줄었을까요? 어머니는 돌아가셨어도 매끼 식사는 저희와 함께 하시죠? 어머니 드신 신시를 다시 제가 다 먹잖아요. 그리고 지금은 저도 하루 세 끼 꼬박 집에서 먹는데요. 제가 예전보다 집에서 식사를 거의 두 배를 하고 있는 거죠. 그러니 어머니 살아 계실 때나 지금이나 쌀 소비량은 큰 차이가 없는데, 쌀을 가져오려고 쌀통을 열어보면 쌀이 거의 그대로 있는 거에요. 그러다보니 4주에 한 번씩 가져오는데, 그래도 쌀이 많아요. 이걸 어떻게 설명해야 되죠?

여름에 비만 오면 TV 뒤 벽으로 물이 줄줄 흐르곤 했었죠. 그런데 지금은 비가 아무리 많이 와도 물이 조금도 흘러내리지 않아요. 그리고 겨울이면 항상 결로현상으로 벽이 축축하고, 2층인데도 마치 지하방처럼 벽에 곰팡이가 생겨 일요일이면 곰팡이 닦아내는 일이 제 일이었죠? 그럴 때면 추운데 창문을 열어놓아야 하기 때문에 어머니는 털모자에 마스크에 이불을 뒤집어쓰고 계셨죠. 그런데 지난 겨울 그렇게 더 추웠는데도 축축하지도 않고 곰팡이도 전혀 슬지 않아 한 번도 벽을 닦아 내는 일이 없었어요. 한 해 겨울이면 곰팡이 약을 몇 통씩 썼는데, 한 통 사다 놓은 곰팡이 약이 그대로 있어요. 이사온 이후 세 해 여름과 겨울을 그렇게 빗물과 곰팡이로 애를 먹었는데, 어머니 돌아가시고 그런 현상들이 모두 사라진 거에요. 이걸 어떻게 이해해야 합니까?

어머니, 쌀은 어머니가 갖다 부어놓으시는 거에요? 저희가 애를 먹지 않도록 빗물과 곰팡이를 모두 없애주시는 거에요? 그리고 제가 고생할까봐 지금 수월한 일자리도 마련해주시는 거에요? 몸이 아무리 편한들 어머니 안 계신 세상이 무슨 소용이 있겠어요. 모든 것이 다 예전처럼 힘들어도, 어머니가 계셨으면 좋겠어요.

어머니, 예전부터 제가 소중히 여기는 건 꼭 잃어버리더군요. 어머니를 조금 덜 사랑했으면, 어머니가 저를 조금만 덜 사랑하셨으면 좋았을걸요. 그래도 저는 어머니를 사랑할 겁니다. 과유불급이라는 말도 있다지만, 저는 그런 것 몰라요. 어머니를 더없이 사랑하고 이 영혼마저 흔적 없이 사라진다 해도, 저는 그렇게 사랑할 겁니다. 제 모든 것이고, 제 전부이고, 저의 우주이시니까요. 사랑해요, 어머니.

2013년 8월 18일 (오전 11시 46분)

불효 천 올림

2013. 8. 19

[시]

내 인생의 연출자에게

연출님, 수고 많으십니다.

내 평생 연출을 맡으시어 고생하셨습니다.

그런데 어머니는 왜 데려가나요.

내가 뭐 다른 걸 원했나요?

이미 데려갔으니

나도 함께 데려가세요.

날 어머니에게 데려다주어요.

단 하나 요구입니다.

2013. 8. 21

[편지]

어머니 전상서

보고 싶고 그리운 사랑하는 어머니, 불효 천입니다. 오늘도 편히 지내

고 계신지요.

어제 일하고 오는 길에 잠시 천호공원에 들렀어요. 예전에 어머니와 함께 앉아 쉬던 나무 밑 테이블 자리에서 꼭 어머니 연세 정도 되어보이시는 할머니 다섯 분이 앉아 화투를 치고 계셨어요. 어머니도 살아 계셔서 저렇게 친구분들과 시원한 데서 화투도 치고 하신다면 얼마나 좋을까 하는 생각이 들었어요.

어머니, 오늘은 해정이 별다른 일이 없으니 일하는 데 데리고 가려 해요. 어머니도 같이 다녀오세요. 오셔서 저희와 점심 드시고 같이 나가시면 돼요. 사랑해요, 어머니.

2013년 8월 21일 (오전 10시 28분)

불효 천 올림

 2013. 8. 22

[편지]

어머니 전상서

사랑하는 어머니, 불효 천입니다. 오늘도 편히 지내고 계신지요.

어제 일하고 오다 천호시장에서 검은 실을 하나 사왔어요. 해정이가 벌써부터 얘기했는데, 막상 사려니 어디에서 파는지 모르겠더군요. 그래서 그냥 미뤄두고 있었죠. 그런데 어제 천호시장 안을 지나오는데 해정이가 뒤에서 저를 부르는 거에요. 해정이가 저를 그렇게 큰 소리로 부르는 건 무슨 특별한 이유가 있는 거죠. 가보니 해정이가 어느 가게 앞에서 무언가를 가리키고 있었어요. 저는 무심코 지나왔는데, 거기 진열되어 있는 실이 해정이 눈에 띈 거죠. 역시 사람 눈에 보이는 건 따로 있나 봐요.

어머니, 오늘도 우리 세 식구 함께 일하고 와요. 저희와 점심 드시고 같이 나가세요. 사랑해요, 어머니.

2013년 8월 22일 (오전 10시 26분)

불효 천 올림

 2013. 8. 23

[편지]

어머니 전상서

사랑하는 어머니, 불효 천입니다. 오늘도 편히 지내고 계신지요. 오늘은 이렇게 여쭤보기가 어렵군요. 요즘 어머니가 편치 못하시다는 걸 알고 있으니까요. 모두가 저 때문이지요? 어머니가 안 좋으시다는 걸 저도 느낄 수 있어요.

어머니, 어젯밤에는 비교적 자신 있게 잠자리에 들었지만, 역시 오늘 아침에도 힘들었어요. 아무리 저녁이 좋아도, 아침이면 찾아드는 절망감을 피할 수 없어요. 언제까지 이런 아침을 맞아야 할지 모르겠어요.

아침에 비가 많이 왔어요. 오늘이 처서인데, 비가 오고 이제 더위가 꺾이려나 봐요. 작년 어머니 떠나실 때만큼은 아니지만, 올여름도 꽤나 더웠어요. 어머니 가시고, 여름이 이렇게 힘든 계절이라는 걸 처음 알았어요.

오늘은 혼자 일하고 오겠어요. 집에 오셔서 해정이와 계셔주세요. 사랑해요, 어머니.

2013년 8월 23일 (오전 10시 35분)

불효 천 올림

 2013. 8. 26

[편지]

어머니 전상서

너무도 보고 싶고 그리운 사랑하는 어머니, 불효 천입니다. 오늘도 편히 지내고 계신지요. 이렇게 여쭤보기가 두렵습니다.

어머니, 오늘처럼 강남역에 가끔 가보면 한 쪽에 앉아 껌 같은 것을 몇 개 바닥에 놓고 팔고 있는 할머니가 한 분 계세요. 연세는 적어도 어머니보다는 더 되신 것 같고, 바짝 마르시어 앉아 계시면 몸이 한 줌도 안돼 보이시더군요. 어머니 살아 계실 때부터 거기 계시던 할머니인데, 지금도 그러고 계세요. 예전에는 그 할머니가 자식도 없으신지 하며 참 안돼 보였는데, 지금은 잘 모르겠어요. 비록 그러고는 계시지만, 그래도 살아 계시니까요.

어머니는 제가 어머니를 따라가길 바라세요, 아니면 이 세상에 더 머물길 원하세요? 어머니 의사를 알기 위해서는 소통이 필요한데, 지금 어머니와 저는 소통이 너무 안되고 있어요. 가끔이라도 꿈에 오셔서 말씀을 해주셔야 하는데, 그게 어려우신가 봐요.

어머니, 저는 지난 일 년을 하루 같이 지내왔어요. 매일 아침이면 떨어지지 않는 몸을 달래 일으키며 끝없는 자괴감에 휩싸이곤 했어요. 어제도, 오늘도, 그리고 내일도 그렇겠지요. 월말이 돌아오면 항상 이달이 가기 선에 어머니에게 기야 한다는 열병을 앓곤 했어요.

어머니는 제 마음을, 제 생각을 잘 알고 계실 것입니다. 그래서 저에게 물어보실 말씀이 없으신지도 모르죠. 하지만 저는 어머니께 여쭤볼 게 너무 많아요. 어머니에게 무얼 여쭤보지도 못하고, 대답도 듣지 못하고, 알고 싶은 게 있어도 알지 못하고, 보고 싶어도 보지 못하고, 그냥 나름대로의 짐작과 추측만으로 날마다 저 자신을 불태우고 있는 겁니다. 저는 지금 너무 위험한 상태에 있어요. 어떤 식으로든 저와 소통하지 않으시면, 저는 어머니를 찾아갈 수밖에 없어요. 만일 그렇게 제가 어머니에게도 가지 못한다면, 저는 틀림없이 실성하여 거리를 헤매게 될 것입니다.

어머니, 저는 어머니의 뜻에 따르고 싶습니다. 어머니가 바라시는 바를 일러주세요. 그리고 가끔은 제 이야기도 들어주세요. 이 세상이건 저세상이건, 그건 중요하지 않아요. 어디서든 어머니의 뜻을 따를 수 있게 해주세요. 어머니 곁에 있고 싶지만, 어머니의 뜻이라면 잠시 미룰 수 있어요. 사랑해요, 어머니.

2013년 8월 26일 (오후 5시 56분)

불효 천 올림

 2013. 8. 29

[편지]

어머니 전상서

보고 싶은 어머니, 불효 천입니다. 오늘도 편히 지내고 계신지요.

어머니, 요즘 강남역 쪽으로 자주 가게 되네요. 강남역 할머니는 늘 앉아 계신 모습만 보았는데, 어제 처음으로 걷는 모습을 보았어요. 허리가 직각으로 구부러져 걸을 때 얼굴을 들어 앞을 보기 힘드니 주로 바닥을 보고 걷다가 가끔 한 번씩 앞을 보시더군요.

제가 요즘 이상한 꿈을 계속 꾸고 있어요. 어떤 여자가 와서 친구 하자고 하기도 하고, 제가 누군가들을 위해 음식을 준비하기도 해요. 정말 너무 엉뚱하죠. 이것이 지금 저에게 가당키나 한 이야기입니까? 왜 이런 꿈들이 꾸어지는지 모르겠어요. 그것도 새벽이면 어머니가 오실 시간인데요.

오늘 아침에 뿌리만 남아 있던 위 오른쪽 어금니 하나가 식사하는 도중 빠져나왔어요. 칫솔로 몇 차례 건드려져 흔들리고 아파 치과에 가서 빼야 하나 하고 있었는데, 저절로 빠졌어요. 어머니가 주신 신체의 일부가 하나 둘 떠나는 걸 보니, 저도 나이가 들긴 했나 봐요.

어머니, 오늘은 아침부터 비가 오고 있어요. 천둥이 울고 바람이 부네요. 어머니가 더 보고 싶어요. 오후에 비가 많이 오지 않으면 같이 일하러 가세요. 지난 월요일도 해정이 별다른 일이 없었지만 제 마음이 너무 참담하여 데리고 나가지 못했는데, 오늘은 혼자 다니면 너무 외로울 것 같아요. 우리 세 식구 함께 다녀요. 조금 있다 오셔서 저희와 점심 드시고 같이 나가시면 돼요. 사랑해요, 어머니.

2013년 8월 29일 (오전 11시 19분)

불효 천 올림

어머니는 정말 저에게 아무것도 말씀해주실 수 없어요? 저는 어머니의 음성을 들을 수 없는 거에요? 어머니의 모습 한 번 볼 수 없어요? 어머니는 항상 저를 보고 계시죠? 언제나 제 낮은 읊조림까지 다 듣고 계시죠? 너무 불공평하지 않아요?

2013. 8. 31

어머니, 무척이도 더웠던 여름과 함께 8월이 가네요. 아니, 너무도 가슴 아파 다시 맞고 싶지 않은 피맺힌 8월이 가려고 해요. 하지만 9월은 또 어떻게 보내야 하지요? 어머니 안 계신 세상에서 만만한 날은 없어요. 단 하루도 자신 있게 보낸 적이 없어요.

2013. 9. 2

[편지]

어머니 전상서

사랑하는 어머니, 불효 천입니다. 오늘도 편히 지내고 계신지요.

어머니, 어제 창문에 시트지를 붙였어요. 이사와서 바로 커튼을 달든지 해야 하는 건데, 이거 하나 하는 데 4년이 넘게 걸렸군요. 그것도 어머니 돌아가신 다음에야 말이죠. 미리 해드렸으면 얼마나 좋았겠어요. 오후에 보니 햇빛이 한창 들어도 방안에 그늘이 생겨 아늑한 게 참 좋더군요. 녹색의 창문을 바라만보아도 시원한 느낌이구요. 온 방안에 녹색의 기운이 가득해 마음도 한결 안정되는 것 같았어요. 이렇게 해놓고 나니 더 가슴이 무너지는군요.

그때는 제가 생각을 못했어요. 낮에는 집에도 많이 없었고, 어머니와 해정이 자리에는 거의 앉아보지도 않았어요. 같은 방 안에서도 이렇게 차이가 있을 줄 알았겠어요. 반투명 창이 서향으로 오후 내내 해가 들어 어머니 더우신 건 모르고 방이 환해 좋다고만 했었죠. 알았다면 진작 어떻게든 해드렸겠죠.

오늘은 구름을 거의 찾아볼 수 없을 만큼 온통 파란 하늘이군요. 아침부터 햇빛이 쏟아지고 있지만, 오후가 걱정이 안되는 건 어제 붙여 놓은 시트지 때문이겠지요. 어머니도 안 계신데 이걸 해놓으면 뭐 하느냐고 올여름도 그냥 보냈지만, 해정이가 늘 햇빛을 마주해 불편해하고 시력도 나빠지는 것 같아 갑자기 한 겁니다. 오늘 할 일은 해야 한다 생각이 들더군요.

어머니, 글을 쓰는 일은 제 평생의 숙원이었습니다. 작가는 이 세상에서 제가 유일하게 갖고 싶었던 업이죠. 지금까지 정해진 업 하나 없지만, 달리 갖고 싶었던 업도 없었어요. 하는 일마다 실패했지만, 사실은 진정으로 하고 싶었던 일도 없었어요. 그런데 지금 어머니는 돌아가시고도 제게 어머니일지를 남겨주고 계시네요. 어머니일지를 출판해 세상에 내놓는다면, 제 평생의 꿈이 이루어지는 겁니다. 마침내 제 업을 이행하는 것이죠.

어제 이발도 했어요. 머리가 길어 거북했는데, 시원하네요. 오늘은 혼자 일하고 오겠어요. 집에 해정이만 있으니 오셔서 같이 계셔주세요. 사랑해요, 어머니.

2013년 9월 2일 (오전 11시 02분)

불효 천 올림

[편지]

어머니 전상서

사랑하는 어머니, 불효 천입니다. 오늘도 편히 지내고 계신지요.

어머니, 창문에 시트지를 붙여 놓으니 전혀 다른 방이 되었네요. 마음을 편안하게 해주는 녹색의 은은함이 감도는 아늑한 방이에요. 어머니 자리에도 앉아보았는데, 너무 좋더군요. 진작 해드리지 못한 것이 후회스러울 뿐입니다. 하지만 이제라도 집에 많이 와 계세요. 어머니 자리는 그대로 있어요. 편안한 방에서 저희들과 함께 식사하시고 노시고 쉬시고 하세요.

어제 안경을 하나 새로 맞추었어요. 먼 곳과 가까운 곳이 모두 잘 보이는 누진다초점 렌즈로 주문했어요. 안경테는 전에 쓰던 것으로 하고, 렌즈만 새로 했어요. 지난 7월에 냉장고도 새로 장만하여 부담이 되기는 하나, 어렵게 마음먹었어요.

어머니, 아버지와 함께 계시니 좋으시죠? 저도 어머니 곁에 아버지가 계시어 마음이 조금 놓입니다. 아버지께 감사하고 있어요. 아버지 수저도 놓아드리고 싶지만, 해정이에게 어떻게 설명해야 할지 모르겠어요. 우리는 분명히 세 식구로 알고 있는데, 수저가 넷이 되면 해정이가 너무 혼란스러울 것 같아요. 이제 와서 아버지 얘기를 해정이에게 할 수도 없구요. 아버지에게는 양해를 구해주세요.

오늘 아침 기온이 17도네요. 창문에서 찬 공기가 내려와 팔에 싸늘히 내려앉네요. 어머니도 늘 이맘때면 창문에서 찬 공기가 내려온다고 하셨죠. 계절의 변화는 어김이 없군요. 이 계절이 몇 번 바뀌면 어머니를 만날 수 있을까요.

어머니, 저는 어머니가 계시다는 걸 알아요. 그리고 믿고 있어요. 그러니 저는 반드시 어머니에게 갈 수 있을 거에요. 그런 신념으로 하루하루를 견디고 있습니다. 오늘도 혼자 일하고 와요. 집에 오시어 해정이와 같이 계셔주세요. 사랑해요, 어머니.

2013년 9월 3일 (오전 10시 29분)

불효 천 올림

 2013. 9. 4

내 어머니도 저렇게 젊으셨겠지. 그런데 그런 기억이 없다. 내 어머니도 저렇게 늙으셨었나? 그런 기억도 없다. 나에게 어머니는 그냥 어머니이셨을 뿐이야, 어느 누구와도 같지 않은.

[편지]

어머니 전상서

사랑하는 어머니, 불효 천입니다. 오늘도 편히 지내고 계신지요. 오늘은 시 한 편 준비했어요.

우주

우주가 없어져도 사람이 살 수 있다는 걸
나는 알았습니다

분명 내 우주가 사라진 지 일 년이나 지났는데
나는 지금 살아 있네요

세상 통념이 바뀐 걸까요
아니면 무언가 잘못된 걸까요

나는 언제까지 우주 없이
살아갈 수 있을까요

　제가 지은 우주라는 시에요. 어제 일하러 나가 지하철역에서 이 시
를 짓고 너무도 서러워 사람들이 지나다니는 곳에 서서 목놓아 울었어
요. 설움의 눈물이 터져 나와 어린애처럼 엄마를 찾으며 눈물을 훔쳤어
요. 이후 기운이 풀려 일하는데 애를 먹었어요. 어머니, 저는 언제까지
우주 없이 살아갈까요? 언제까지 시도 때도 없이 이렇게 울어야 할까
요? 언제 다시 내 우주의 품에 안길까요? 그런 날은 정말 올까요?

어머니, 어제 눈물을 쏟고부터 컨디션이 썩 좋지를 않습니다. 하지만 오늘 할 일은 해야죠. 오늘은 해정이 데리고 다녀오려 해요. 어머니도 같이 가세요. 오랜만에 우리 세 식구 함께 다녀요. 오셔서 저희와 점심 드시고 같이 나가시면 돼요. 사랑해요, 어머니.

2013년 9월 4일 (오전 10시 09분)

불효 천 올림

나는 어머니의 절반도 고생한 게 없어. 막일을 했어도 어머니의 고단함에 조금 근접해본 것일 뿐이야. 그런데도 힘들다고 짜증을 부리고 했어. 그러니 어머니가 가셔서 이제는 막일을 하지 않게 해주시는 거야.

 2013. 9. 5

돌아가신 지 열세 달 / 1년 1개월

영정 모신 지 1년

[편지]

어머니 전상서

사랑하는 어머니, 불효 천입니다. 오늘도 편히 지내고 계신지요.

어머니, 오늘이 돌아가신 지 일 년 한 달 되는 날이네요. 한여름 제일 더울 때 돌아가셨는데, 그 여름이 또 지나가고 이제 날이 매우 선선하군요. 계절이 어김없이 바뀌는 걸 보니, 이 세상이 맞긴 하나봅니다. 어머니 계신 곳에도 계절의 변화가 있나요?

어제 해정이 커트했어요. 여전히 석 달에 한 번씩 하고 있으니, 어머니가 계셨으면 같이 하셨을 텐데요. 이번에는 다른 미용실에서 했어요.

어제 일하러 가다 길에서 실성한 듯한 여자를 보았어요. 어린이놀이터 조금 지나 길가에 앉아 있던 여자를 어머니도 보셨어요? 머리는 헝클어지고, 길에 주저앉아 땅바닥에 떨어진 생라면 조각을 주워먹고 있었어요. 얼굴은 초췌하고, 눈동자는 초점을 잃었어요. 어머니, 그 여자는 왜 실성을 했을까요? 무슨 사연이 있겠지요. 저처럼 어머니를 잃어버린 걸까요. 아니면 자식을 먼저 떠나보냈을까요. 하긴 제가 실성하지 않고 있는 게 이상하죠. 만일 제가 먼저 갔다면, 어머니도 지금쯤 어느 길거리에선가 그런 모습을 하고 계시겠죠. 어머니, 제가 실성해버리면 안되겠죠? 어머니 가슴이 더 아프시겠죠? 정신 바짝 차리고, 절대 실성하지 않고 있다 온전한 모습으로 어머니에게 가겠습니다. 너무 걱정하지 마세요.

어머니 영정을 모셔드린지도 꼭 일 년이 되었군요. 이런 날 집에 계시면 서운하시죠? 저 일하는 데 같이 다녀오세요. 오늘은 거리가 좀 멀긴 하지만, 해정이가 잘 업어 모실 거에요. 오셔서 점심 드시고 같이 나가세요. 사랑해요, 어머니.

2013년 9월 5일 (오전 10시 25분)

불효 천 올림

[대화]

엄마, 돌아가신 지 벌써 일 년 하고도 한 달이네요. 날씨가 많이 선선해졌어요. 엄마 계신 곳에도 계절의 변화가 있나요? - 아니라고.

꼭 일 년 전에 엄마 영정을 모셔드렸군요. 원래 엄마가 앉아 계시던 곳이니, 자리는 편안하시죠? - 그렇다고.

오늘 저희와 일하는 데 같이 다녀오셨죠? - 그렇다고. 거리가 조금 멀어 힘드셨죠? - 아니라고. 힘들지 않으셨다구요? - 그렇다고. 해정이는 오늘 버스 탔다고 좋아하는데, 엄마도 오랜만에 버스 타보시니 좋으셨어요? - 그렇다고.

 2013. 9. 6

[편지]

어머니 전상서

사랑하는 어머니, 불효 천입니다. 오늘도 편히 지내고 계신지요.

어머니, 어제는 혼자 일하고 올 생각이었어요. 버스를 타고 가야 하는 곳이라 해정이를 데려가기 어려울 것 같아서요. 그런데 어제가 어머니 영정을 모신지 꼭 일 년 되는 날이었어요. 이런 날 집에 계시면 어머니가 서운하실 것 같아 모시고 나갔던 거에요. 그런데 버스를 타고 어머니도 좋아하시고 해정이도 좋아하니, 저도 참 좋으네요. 버스 타고 가면서 어머니가 밖을 구경하셨다고 해정이가 그러네요.

어제 버스 타고 가 내린 곳이 바로 재작년 제가 일하던 곳이에요. 또 지금 일하는 데 사무실이 있어 토요일 마다 가서 스티커를 가져오는 곳이기도 하구요.

어머니, 저는 지금 엄마 없는 순간을 지나고 있어요. 오늘도 어떻게 살아가겠죠. 그리고 이 순간 속에 묻히고, 이 순간은 곧 지나가겠죠.

어제는 이상한 하루였어요. 우리 세 식구 함께 멀리 여행을 다녀온 느낌이었어요. 전에 없이 마음도 편안해지구요. 어머니, 어제 가보신 곳이 마음에 드세요? 해정이도 좋아하네요. 왠지 저와 인연이 되는 곳인 것 같아요.

오늘은 집에서 해정이가 할 일이 있으니 혼자 다녀오겠어요. 해정이와 함께 계서주세요. 사랑해요, 어머니.

2013년 9월 6일 (오전 9시 37분)

불효 천 올림

 2013. 9. 7

[편지]

어머니 전상서

사랑하는 어머니, 불효 천입니다. 오늘도 편히 지내고 계신지요.

어머니, 어제 TV에 보니 주로 70대 할아버지 할머니들로 이루어진 합창단이 나오더군요. 노인분들이 그 연세에도 모여 노래를 하며 즐겁게 지내시더라구요. 어머니는 그런 세상의 즐거움 하나 못 누리시고 평생을 이 못난 아들 뒤에서만 계시다 가셨죠. TV를 보며 어머니 생각에 너무도 가슴이 아팠어요. 이 불효자가 왜 어서 어머니를 따라가지 못하고 이러고 있는지 한스러웠어요.

어제저녁 창문을 보니 방충망에 작은 날벌레 하나가 앉아 있었어요. 해정이는 쫓아버리라 하고, 저도 평소 같으면 벌써 쫓아버렸을 텐데, 왠지 그러고 싶지 않았어요. 혹시 어머니의 영혼이 그 날벌레를 통해 저희들을 보고 계신지도 모른다는 생각이 들었어요. 날벌레는 조금씩 움직이며 저희를 지켜보는 듯했어요. 엄마! 하고 불러보고 싶었어요.

아침에 자세히 보니 그건 날벌레가 아니고 티껍지였어요. 작은 티껍지가 방충망에 붙어 날벌레인 양 바람에 움직이고 있었던 거에요. 저는 그 티껍지를 조심스럽게 떼어내 휴지에 잘 싸서 버렸어요. 마치 어머니를 보내드리는 것 같았어요.

어머니, 어제 새 안경을 찾았어요. 먼 곳도 잘 보이고, 그 동안 잘 안 보이던 가까운 곳도 잘 보이네요. 이제 안경을 썼다 벗었다 하지 않아도 되겠어요.

오늘은 토요일이라 사무실에 가야 해요. 엊그제 버스를 타고 갔었던 곳에서 내려 다녀올 거에요. 집에 해정이 혼자 있으니 오셔서 같이 계셔주세요. 사랑해요, 어머니.

2013년 9월 7일 (오전 9시 59분)

불효 천 올림

 2013. 9. 9

돌아가신 지 400일

[편지]

어머니 전상서

사랑하는 어머니, 불효 천입니다. 오늘도 편히 지내고 계신지요.

오늘은 경기도 광주로 일하러 갑니다. 광주는 저도 초행길이에요. 해정이 혼자 두고 조금 멀리 가려니 마음이 좋지 않습니다. 집에 오시어 해정이와 같이 계셔주세요. 그리고 저도 일 잘 마치고 올 수 있도록 살펴주세요. 사랑해요, 어머니.

2013년 9월 9일 (오전 9시 48분)

불효 천 올림

 2013. 9. 10

어머니가 사무치게 그리워.

[편지]

어머니 전상서

보고 싶은 어머니, 불효 천입니다. 오늘도 편히 지내고 계신지요.

어머니, 어제 경기도 광주 잘 다녀왔어요. 어머니는 집에 오셔서 해정이와 함께 계셨죠? 고속도로를 타고 교외로 나가니 가슴이 좀 트이는 것 같았어요. 어머니와 해정이와 같이 못 온 게 아쉬웠어요. 일도 잘 하고 왔어요.

일은 잘 하고 왔지만, 마음은 내내 침울했어요. 어머니가 너무 보고 싶었어요. 문득 이 세상 어디에도 어머니가 안 계시다는 생각에, 실성해 버릴 것만 같았어요. 어머니는 왜 나를 낳으시어, 떠나시어, 이런 고통을 주시나, 야속했어요.

어머니, 저는 종종 정신을 차릴 수는 있지만, 결국 어머니 없이는 아무것도 못합니다. 꿈에라도 와주실 수 없나요? 이 불효자가 밉지도 않으세요? 오셔서 혼이라도 내셔야죠. 그렇게라도 어머니를 뵙고 싶어요.

어머니, 여기까지만 하고 싶어요. 그런데 멈출 수가 없네요. 자고 나면 어머니와의 대화가 시작되니까요. 어머니가 계신 저세상은 저 명왕성보다도 먼 곳일까요, 아니면 바로 옆집일까요? 바로 옆집이라면 언제든지 달려갈 수 있을 텐데요. 명왕성보다 먼 곳에 계셔도 저에게 한걸음에 오실 수 있죠? 사랑해요, 어머니.

2013년 9월 10일 (오전 9시 26분)

불효 천 올림

2013. 9. 11

[대화]

엄마, 오늘 경기도 덕소에 가서 일하고 왔어요. 해정이와 같이 계셨죠? – 그렇다고.

엄마, 제가 미우시죠? – 아니라고. 제가 미워 떠나신 거에요? – 그렇다고… 엄마, 제가 미우시죠? – 그렇다고. 제가 미워 떠나신 거에요? – 그렇다고… 엄마, 다시 한 번 여쭤볼게요. 제가 미우시죠? – 그렇다고. 제가 미워 떠나신 거에요? – 아니라고… 엄마, 저 미워하지 않으시죠? – 그렇다고…

엄마, 이제 주무세요. 저도 잘게요. 코 주무세요. – 그러신다고. 사랑해요, 엄마. – 엄마도 사랑하신다고.

어머니 응답이 일관적이지 않으심. 뭐든지 다 그렇다고 하시는 것 같아. 이런 경우는 처음.

[편지]

어머니 전상서

사랑하는 어머니, 불효 천입니다. 오늘도 편히 지내고 계신지요.

어머니, 어제는 경기도 남양주시 덕소에 가서 일하고 왔어요. 비가 부슬부슬 내렸지만, 그냥 다녔어요. 내리는 비가 꼭 어머니와 저의 눈물 같았어요. 어머니는 왜 먼저 가시어 우리는 이렇게 헤어져 있어야 하는지, 나는 왜 어머니가 보고 싶을 때 볼 수가 없는 건지, 내가 무얼 그리 원한 세 있다고, 내게 무얼 그리 많이 주었다고 어머니마저 볼 수 없게 하는 건지, 답답한 가슴이 더 무너져내렸어요. 잘 버텨오다가도 이렇게 비가 오는 날이면 저는 속절없이 무너져내리고 맙니다. 아무도 잡아줄 수 없어요. 저를 일으켜줄 오직 한 분은 지금 이 세상에 안 계시니까요. 그냥 홀로 눈물만 삼킬 뿐이죠.

저는 뼛속부터 영혼까지 어머니 아들이죠. 제게서 어머니 아들이 아닌 것을 내어놓으라면 털끝 하나도 나오지 않을 겁니다.

생각해보니 어머니에게 가장 큰 불행은 제가 없는 이 세상에 계시는 것이었더군요. 최소한 그런 불행만큼은 면하게 해주었어요. 어머니보다 제가 먼저 떠났다면, 어머니는 못 견디셨을 거에요. 그나마라도 견딜 만한 저를 남겨둔 거죠.

어머니, 해정이가 지금 미소시루 끓이고 있어요. 그동안은 날이 더워 매일 아침 콩나물국을 끓여 먹었는데, 이제 날이 선선해져 다시 예전처럼 미소시루 끓여놓고 먹으려 해요. 어머니도 좋으시죠?

어젯밤 대화에서 왠지 어머니가 안 좋으시다는 느낌을 받았어요. 저 때문에 여전히 걱정이 많으신 거에요? 어머니가 그러시면 제가 더 가슴이 아픕니다.

오후에 또 일하고 오겠습니다. 오늘은 가까운 곳 동네 근처를 다니려고 해요. 집에 해정이 혼자 있으니 오셔서 같이 계셔주세요. 사랑해요, 어머니.

2013년 9월 12일 (오전 10시 05분)

불효 천 올림

 2013. 9. 14

[편지]

어머니 전상서

사랑하는 어머니, 불효 천입니다. 오늘도 편히 지내고 계신지요.

어제는 경기도 구리시에 가서 일하고 왔어요. 집에서 나가는데 비가 너무 많이 와 운동화 속 양말까지 다 젖었어요. 전철역에서 양말을 벗어 물기를 짜내고 다녔어요. 어제 일하는데 유난히 더 힘들었어요. 많이 걸어서인지 양 무릎이 속까지 아파 맨소래담 로숀을 발랐어요. 맨소래담 로숀도 어머니가 안 계시니 쓰지를 않아 사용기한이 벌써 많이 지났네요.

어머니, 오늘부터 다음 주는 일을 쉬어요. 추석이라고 사장이 십만 원을 더 넣었네요. 생각지도 않았는데, 이런 사람도 있군요.

오늘도 비가 오고 있어요. 요 며칠 계속 비가 내려요. 제 마음도 한없이 무너져내리고 있어요. 저는 어머니 돌아가신 이후의 삶을 생각해보지 않았어요.

2013년 9월 14일 (오전 10시 15분)

불효 천 올림

2013. 9. 15

어머니, 이 집을 나가신 거에요? 제 허락을 받고 나가셨어요? 저에게 말씀하시고 가신 거에요? 그렇게 나가셨으면 어서 들어오셔야죠. 왜 안 들어오고 계세요.

2013. 9. 16

왜 이렇게 아침은 매일 돌아오는지 몰라.

엄마, 정말 돌아가신 거에요? 정말 떠나신 거에요? 전 그렇게 믿지 않아요. 가서 절 기다리고 계실 거에요. 우린 그렇게 헤어질 수 없죠.

 2013. 9. 17

어머니가 살아 계실 때는 바로 이곳이 내 세상이었다. 돈이 많든 적든, 집이 있든 없든, 어머니만 계시면 되는 것이었다. 내게 모든 것이 다 있는 것이었다. 어머니와 함께 호흡할 수 있는 공간이면 족한 것이었다. 아무런 불만을 가질 수 없는 나였다. 어머니를 인간으로 본 것이 잘못이었다. 어머니는 나를 감싸고 있는 우주요, 나를 만든 신이었다. 바로 내 주인이셨다. 모든 것은 주인 뜻대로인 것을 나는 깜빡 잊었던 것이다. 그래서 나는 내 세상을 잃어버렸다.

먼데서 무슨 소린가 들려온다. 차량에 장착된 듯한 마이크에서 나는 소리가 점점 가까이 다가온다. 칼 갈아요, 칼 갈아요, 칼 갈아요… 소리가 아주 커진 걸 보니 바로 앞까지 온 듯하다. 그런데, 그 소리는 작아지지 않고 있다. 앞에 멈추어 선 모양이다, 마치 내가 부르기라도 한 듯. 나는 갈 칼도 없는데, 보이지도 않는 나를 향해 어지럽게 쏟아내고 있다.

[대화]

엄마, 내일이 추석이네요. 오늘 저희와 같이 시장에 다녀오셨죠? - 그렇다고. 엄마 좋아하시는 음식 좀 준비했어요. 이번에는 밤이 참 좋으네요. 알도 굵고 모두 노란 게 물밤이 없어요. 내일 오셔서 드세요.

엄마, 이제 주무세요. 저도 잘게요. 코 주무세요. - 그러신다고. 사랑해요, 엄마. - 엄마도 사랑하신다고.

추석

차례 지냄.
나와 해정이 어머니에게 세 번 절함.
엄청난 피로가 엄습.

[편지]

어머니 전상서

보고 싶고 그리운 사랑하는 어머니, 불효 천입니다. 오늘도 편히 지내고 계신지요.

어머니, 오늘이 돌아가시고 두 번째 맞는 추석이네요. 저희들이 준비한 음식은 오셔서 맛있게 드셨어요? 오늘은 어머니에게 절을 올리는데 울음이 터지지 않았어요. 가슴만 무너지고 정신이 혼미해질 뿐이었어요. 명절은 이제 저에게 즐거운 날이 아니에요. 다가오는 것이 두려운 너무도 가슴 아픈 날이죠.

어제는 저희와 같이 시장에 다녀오셨죠? 오랜만에 시장에 가보시니 좋으셨어요? 명절이라고 사람들이 너무 많죠? 저는 이제 이 세상 사람이 아닌 것 같아요. 밖에 나가보면 분명히 똑같은 장소이고 똑같은 사람들인데, 저는 거기에 떠도는 영혼 같아요. 그들과 같은 사람이라는 느낌이 안 듭니다. 어쩐지 그들과는 좀 멀리 떨어져 바라보는 것만 같아요.

어제부터 어머니 차례를 준비하면서 제가 꽤 힘들었나 봐요. 무엇이 힘든 일이라고, 차례를 모시고 나니 피로가 몰려오네요. 마음의 병이 깊어져 제가 통제하기 어려워요. 내 안에 있는 또 다른 나 같아요. 모든 가치관이 없어지고, 생의 즐거움을 잃어버렸어요. 본체가 사라진 그림자가 얼마나 더 남아 있겠어요.

오늘 보내드린 사진 두 장 받아보셨어요? 해정이가 어머니에게 절을 올리고 있죠? 해정이를 생각하면 또 한 번 가슴 아파집니다. 어머니와 더불어 일생을 제 안에 갇혀 지낸 또 한 명의 여자이니까요. 그렇죠, 어머니도 해정이도 모두 여자이죠. 다만 저에게 가려 여자인 줄을 모르고 지냈을 뿐이죠. 저는 그저 제 어머니요 동생인 줄만 알았죠. 그 이

전에 한 인간이요, 한 인생이요, 여자라는 것을 왜 잊고 있었을까요. 왜 저는 어머니와 해정이를 위해 살지 못했을까요. 그것이 바로 저 자신을 위해 사는 길임을 왜 몰랐을까요. 연출에게 물어보아야겠죠.

어머니, 제 걱정은 너무 마세요. 곧 쓰러질 듯 보여도 저는 꽤 오래 갑니다. 저는 언제나 어머니 곁에 있습니다. 어머니는 저의 본체이고, 주인이시니까요. 식사는 항상 오셔서 저희와 함께 하시구요. 사랑해요, 어머니.

2013년 9월 19일 추석 (오후 4시 07분)

불효 천 올림

어머니에게 편지를 보내드리고 나면 조금은 나아지는 것 같아. 그러나 오래가지는 못해.

 2013. 9. 20

[편지]

어머니 전상서

사랑하는 어머니, 불효 천입니다. 오늘도 편히 지내고 계신지요.

어머니, 몹시도 부담으로 다가왔던 추석이 그래도 무난히 지나간 것 같습니다. 명절은 일을 쉬고 어머니와 해정이와 함께 집에서 맛있는 음식 먹으며 즐거웠던 기억밖에 없습니다. 이맘때에는 TV를 켜면 고속도로에 길게 늘어선 차량의 행렬이 제일 먼저 눈에 들어왔죠. 모두들 고향에 내려간다고 법석이지만, 우리는 따로 내려갈 고향이 없었죠. 바로 어머니가 계신 곳이 우리 고향이니까요. 설이면 우리 세 식구 윷놀이하고, 추석이면 화투치고, 어머니만 계시면 누구도 부러울 게 없었습니다. 그러나 이제는 명절이 고통스러운 날이네요. 즐거웠던 어머니와의 추억이 총알이 되어 제 가슴에 와 박힙니다. 이제 누구와 윷놀이하고, 화투치고, 맛있는 음식을 먹나요… 어머니, 죄송해요. 편지를 쓰다보니 설움에 북받쳐 눈물을 보이고 말았네요. 어제 오셔서 저희가 준비한 음식은 맛있게 드셨어요?

어제 조용하던 저녁에 갑자기 밖에서 "엄마- 엄마-" 하는 남자아이의 우는 소리가 들렸어요. 아이의 목소리는 점점 가까워지더니 "엄마- 어디 갔어- 엉엉-" 하며 제 엄마를 숨이 넘어가듯 찾고 있었어요. 어떻게 하다 엄마를 잃어버렸는지, 아이의 목소리는 몹시 겁에 질려 있었어요. 그렇겠죠. 온 우주가 사라졌으니, 아이의 마음이 어떠하겠어요. 아이의 울음소리는 점점 멀어졌어요. 아이는 엄마를 찾았겠죠? 그렇게 믿고 있어요.

어머니, 어머니, 어머니, 오늘도 편히 지내시구요… 사랑해요, 엄마. 보고 싶어…

2013년 9월 20일 (오전 10시 01분)

불효 천 올림

2013. 9. 21

[편지]

어머니 전상서

사랑하는 어머니, 불효 천입니다. 오늘도 편히 지내고 계신지요.

어머니, 오늘도 이렇게 일어나 어머니 앞에 앉았습니다. 어젯밤 꿈이 산란하더니 아침에 머리가 좋지 않아요. 보고 싶은 어머니는 안 보이고, 왜 이렇게 잘 기억나지도 않고 알 수 없는 꿈들만 계속되는지 모르겠어요. 전에는 얼굴을 가리고도 오시고, 다른 모습으로도 오시고, 예전 모습으로도 종종 오시고 하셨는데, 요즘은 통 보이지 않으시네요. 어머니, 이제 제 꿈에는 안 오시기로 하신 거에요? 어떤 모습이라도 좋으니, 전처럼 가끔 한 번씩이라도 어머니를 볼 수 있었으면 좋겠어요. 어머니를 꿈에서 뵌 지가 언제인지, 알 수도 없네요.

어제 앞집에서 사람들이 모여 윷놀이하는 소리가 들렸어요. 윷가락 부딪히는 소리, 남자 여자의 요란한 웃음소리, 꽤나 즐거운가 봐요. 명절이라 가족들이 모여 윷놀이를 하나보죠. 그렇게 즐거운 걸 보면 저 사람들은 모두 어머니가 있겠죠? 우리도 예전엔 어머니와 함께 윷놀이도 하고 화투도 치고 했는데, 이제는 명절이 되어도 적막만이 감도네요. 그래서 앞집에서의 즐거운 소리가 더 크게 들려오나 봐요. 아무리 즐거워도 그렇지 못한 사람을 생각해 조금 자제해주면 좋으련만, 전혀 사정을 안 봐주는군요. 어머니, 윷놀이는 원래 겨울에 하는 것 아니에요? 보

177

통 설에 많이 하잖아요? 저 사람들은 풍습도 모르나 봐요.

어머니, 오늘 아침에 달 보여드렸죠? 추석이 한 이틀 지나서인지 조금 이지러졌지요? 어머니 보여드리고 조금 있다 보니 달이 거짓말처럼 없어졌어요. 금방 구름 속으로 들어갔나 봐요. 달이 또 나왔네요. 구름 속으로 들어갔다 나왔다 하네요. 오늘로 일주일간의 추석연휴가 끝났어요. 오후에는 사무실에 가 다음 주 일할 스티커를 가져와야지요. 집에 오셔서 해정이와 같이 계셔주세요. 사랑해요, 어머니.

2013년 9월 21일 (오전 10시 17분)

불효 천 올림

2013. 9. 23

오늘이 추분. 어머니가 안 계셔도 절기는 변함 없이 찾아오는구나, 한 번쯤 빼먹을만도 한데.

어머니는 내 안에 계시다 돌아가셨어. 스스로 내 안에 갇히셨어. 그리고 세상 밖으로 나오지 않으셨어. 오직 나를 통해 세상을 보셨어. 어떻게든 밖으로 모시고 나왔어야 했어.

[편지]

어머니 전상서

사랑하는 어머니, 불효 천입니다. 오늘도 편히 지내고 계신지요.

어머니, 어제 추석연휴 지나고 열흘 만에 다시 일을 했어요. 많이 걸어 무릎이 조금 아프네요. 어제 일 나갔다 보니 자두가 좋아 사왔어요. 도매시장에서 많이 사왔으니, 어머니도 해정이와 같이 드세요. 해정이가 먹어보고 맛있다고 하네요.

어머니, 제가 다시 어머니에게 가 불효를 히게 된다면, 반드시 아들이 아니어도 좋습니다. 저를 어머니 종으로 옆에 두어주세요. 그도 어렵다면 어머니 발밑의 먼지 한 점으로라도 좋아요. 어머니 곁에서 어머니를 바라볼 수 있게만 해주세요.

어머니, 밖엔 비가 오고 있어요. 비 오는 소리 들리시죠? 이젠 비가 와도 벽에 물이 새지 않아요. 무얼 고친 것도 없는데, 어머니가 그렇게 해 주시는 거지요? 전에 흘러내린 빗물 자국은 그대로 있어요. 지우지 않고 그냥 둘 거에요. 어머니 살아 계실 때의 흔적이니까요. 해정이는 지금 앞에서 깍두기 담고 있어요. 사랑해요, 어머니.

2013년 9월 24일 (오전 10시 02분)

불효 천 올림

 2013. 9. 25

[편지]

어머니 전상서

사랑하는 어머니, 불효 천입니다. 오늘도 편히 지내고 계신지요.

어머니는 저의 아기이기도 하셨어요. 어머니가 연로하시어 정신적으로나 신체적으로 활동력이 줄어드실 때, 저는 분명히 어머니가 제 아기라는 생각이 들었어요. 제 아기를 다루듯 어머니를 얼르고 껴안고, 일상 대화도 점점 아기 용어를 많이 사용하기 시작했지요. 엄마 맘마드세요, 엄마 쉬하세요, 엄마 지지… "엄마, 코 주무세요." 하면 어머니는 "웅" 하고 금방 주무시곤 하셨죠. 혹시 잠이 잘 안 드실 때는 제가 "자장 자장 우리 엄마, 자장 자장 우리 엄마…"하고 자장 자장 해드리면, 어머니는 어느새 코 주무시고 계셨어요. 기분이 좋으실 때는 종종 노래도 부르시고 무용도 하시며, 우리에게 재롱잔치도 보여주셨어요. 어머니가 노래하실 때는 손뼉을 쳐드리고, 노래가 끝나면 잘 하셨다고 박수도 보내드리고 앵콜도 외쳤죠. 그때의 어머니 표정은 더없이 행복한 아이의 모습이었어요. 저도 어느새 행복한 아빠가 되어 있었죠.

저는 평생을 어렵게 살았지만, 어찌 보면 스스로 원한 것인지도 모르죠. 그로 인해 어머니를 편히 모시지 못한 것이 안타깝지만, 어머니와 함께했고, 어머니에게 갈 수 있으니, 저는 행복하지요. 사랑해요, 어머니.

2013년 9월 25일 (오전 11시 08분)

불효 천 올림

어머니, 조금만 더 기다려주시지 그러셨어요. 저에 대한 사랑은 넘치셨지만, 믿음은 조금 부족하셨던 것 아니에요? 제가 믿음을 충분히 드리지는 못했지만, 그래도 절 믿으셨어야죠. 그 넘치는 사랑을 조금 줄이시고, 대신 믿음을 조금 더 가지셨으면 좋았을 것을. 하지만 어쩌겠어요, 어머니가 가지신 건 사랑 뿐이네요.

어머니는 어느샌가 나를 놀랄 만큼 변화시키고 계시다. 돌아가시고 1년만에 나를 작가로 시인으로 만들어 놓으셨어. 꿈도 꿀 수 없었던 나를… 꿈에는 안 오시며…

 2013. 9. 26

[오늘 새벽의 꿈]

어머니가 집주인에게 가시어 50만 원을 빌려오심. 내일 주기로 했다고. 나는 내일 주기 어려울 텐데 함.

거의 다섯 달 만에 어머니 꿈을 꿈. 여전히 세를 들고 있으나, 지금의 집은 아님. 너무도 생생한 꿈. 꿈에서 나는 분명히 어머니와 함께 살고 있었어. 오늘 새벽 나는 잠시 어머니와 한 세상에 있었던 거야.

어머니가 오셨어, 이 천이를 보시려고. 가끔 편지만 드리고 내가 안 가니, 나를 보시려 오신 것이야. 여름내 오시지 않다 내가 보고 싶으시어 새벽에 오신 거야. 여름엔 더워 못 오셨나?

2013. 9. 27

[시]
성공한 인생

내가 성공했다면
어머니를 잘 모셨다면
어머니 앞에 오만했다면
나는 실패한 인생

나는 실패했고
어머니를 잘 모시지 못했고
어머니 앞에 모든 걸 내려놓았고
나는 성공한 인생

나는 무엇도 아닌

오직 어머니의 아들

늘 부족한 아들

나는 죄스러운 인생

두려움도 희망도

가질 것 없어

회초리 들고 어머니에게 가는

나는 행복한 영혼

2013. 9. 28

[편지]

어머니 전상서

사랑하는 어머니, 불효 천입니다. 오늘도 편히 지내고 계신지요.

어머니, 이제 여름이 다 갔군요. 아침에 창문을 열어놓으면 꽤 서늘해
요. 오늘은 창문을 한 쪽만 열어놓았어요. 어머니 말씀대로 춥지도 덥
지도 않은 살기 좋은 계절이 된 거죠. 하지만 제 가슴은 왜 이렇게 무너
져내릴까요. 이 좋은 계절에, 눈에는 왜 자꾸 눈물만 고이는 걸까요.

오늘은 또 어떻게 살아가야 할까요. 아침부터 모진강이 흘러내리네

요. 감정 조절이 되지 않으면, 이 눈물을 억제하지 못하면, 오늘 하루도 어려울 텐데요.

어머니, 엊그제 꿈에 오셨네요. 다섯 달 만에 제 꿈에 오셨어요. 봄에 오시고, 여름내 안 오시다, 이제 날이 서늘해지니 오셨군요. 여름엔 더워 못 오셨죠? 외갓집에서 시원하게 지내셨어요? 이젠 자주 오시겠죠?

어머니, 어머니일지 꼭 내드릴게요. 어머니 얼굴 모습도 넣을 거에요. 이 세상에 남으실 거에요. 어머니일지 표지에 어머니 모습을 넣어드릴 거에요. 속표지에 넣어드릴까도 생각해보았지만, 어머니를 안에 가두어 드리고 싶지 않았어요. 밖에 나오시어 세상 구경 많이 하셔야죠. 사랑해요, 어머니.

2013년 9월 28일 (오전 10시 19분)

불효 천 올림

 2013. 9. 30

[편지]

어머니 전상서

사랑하는 어머니, 불효 천입니다. 오늘도 편히 지내고 계신지요.

어머니, 오늘 아침에는 몹시 혼란스러웠어요. 사실은 지금 머릿속이 좋지가 않습니다. 아침에 타이레놀 한 알 먹었어요. 역시 저는 서툴더군요. 이 세상에 이렇게 서툰 제가 지금까지 버텨온 것도 기적에 가까운 일이죠. 어머니도 안 계신 이 세상에 해정이와 둘이 남아 있는 저를 생각하면 너무도 기막힐 뿐입니다.

9월도 이제 다 가는군요. 제 생애 다시 못 올 9월이 이제 사라지려 합니다. 하지만 아쉽지 않아요. 잘 가라고 말해주고 싶어요. 그리고 고마웠다고…

오늘은 경기도 성남으로 다녀옵니다. 거리도 좀 멀고 일이 많아 해정이 못 데려갑니다. 집에 오셔서 같이 계셔주세요. 사랑해요, 어머니.

2013년 9월 30일 (오전 10시 23분)

불효 천 올림

[대화]

엄마, 오셨어요? ─ 오셨다고. 열이틀 만에 엄마와 대화하네요. 그동안에도 편히 지내셨어요? ─ 그러시다고. 제가 안 와도 계속 나와 계셨어요? ─ 그렇다고.

오늘 제 편지 받아보셨죠? ─ 그렇다고.

엄마, 여쭤볼 게 있어요. 우리는 모자의 인연인가요? ─ 그렇다고… 우리는 다시 만날 수 없죠? ─ 아니라고. 다시 만날 수 있나요? ─ 그렇다고… 지금도 천이 사랑하세요? ─ 그렇다고…

엄마, 여전히 외갓집에 계시죠? ─ 그렇다고. 아버지와 함께 계시는 거죠? ─ 그렇다고. 오늘 아버지는 같이 안 오셨어요? ─ 아니라고. 같이 나오셨어요? – 그렇다고. 아버지 지금 옆에 계세요? – 그렇다고…

엄마, 이제 주무셔야죠. 저도 잘게요. 코 주무세요. – 그러신다고. 사랑해요, 엄마. – 엄마도 사랑하신다고.

대화 시작부터 엘로드가 크게 흔들림. 열흘 이상 대화에 안 나갔어도 아버지와 계속 같이 와 계셨음. 수없이 여쭤보아도 같은 대답. 일관성을 회복하신 느낌. 우리는 모자의 인연이고, 다시 만날 거라고. 지금도 날 사랑하신다고. 어머니 말씀을 믿을 거야. 먼저 와 계시지 말고 부르면 오시라 말씀드리고 싶었지만, 그래도 소용없어 말씀 안 드림.

 2013. 10. 1

[편지]

어머니 전상서

사랑하는 어머니, 불효 천입니다. 오늘도 편히 지내고 계신지요.

어머니, 이제 다시 10월이 시작되는군요. 지금까지와는 사뭇 다른 느낌의 10월입니다. 어머니 떠나시고 처음 맞은 10월은 이루 형언할 수 없는 달이었다면, 두 번째 맞는 10월은 한결 정리된 느낌입니다. 모진강이 흘러도 차분히 흐르고 있어요. 그리고 9월과 같이 마지막 인사를 하고 사라지겠죠.

식사는 항상 오셔서 저희와 함께 하시죠? 사랑해요, 어머니.

2013년 10월 1일 (오전 10시 29분)

불효 천 올림

2013. 10. 2

내 인생이 꿈이었다고? 그럼, 어머니는? 어머니도 꿈이었다고? 아니야, 어머니는 분명히 내 곁에 계셨어.

어머니는 그렇게 떠나셨어. 나에게 큰 상처를 남기고 가셨어. 상처와 함께 어머니일지도 남겨주셨어. 어머니의 두 유산은 서로 경쟁이나 하듯 커져만 갔어. 둘은 묘하게도 어울려 나를 붙잡고 있는 거야. 때로는 서로를 치유하는 듯, 때로는 서로를 할퀴는 듯, 나를 이 세상에 잡아두고 있는 거야. 어느 한쪽이 더 커진다면, 어느 한쪽이 소멸된다면, 나는 더 머물지 못하겠지.

2013. 10. 3

오늘도 전쟁 같은 아침이 지나갔다. 나 홀로 치르는 전쟁, 보이지 않는 상대와 치르는 전쟁, 도저히 이겨낼 것 같지 않은 전쟁… 어차피 상

대가 되지 않는 전쟁.

2013. 10. 5

돌아가신 지 열네 달 / 1년 2개월

[편지]

어머니 전상서

사랑하는 어머니, 불효 천입니다. 오늘도 편히 지내고 계신지요.

어머니, 오늘이 어머니 돌아가신 지 일 년 하고도 두 달 되는 날이네요. 해가 완전히 한 바퀴를 돌아 지나쳐 여기까지 와 있네요. 어머니가 돌아가셨는데도 세상은 왜 이리 변함이 없는지, 저는 이해할 수 없어요. 오직 저만이 우주가 사라진 걸까요? 저만이 모든 걸 잃은 걸까요? 세상은 아무 상관이 없는 걸까요? 그렇다면 저와는 너무도 동떨어진 세상이군요.

일 년 전 어제, 어머니 돌아가시고 두 달 만에 우리가 첫 대화를 나누었죠? 저는 분명히 기억합니다. 외갓집에서 아버지와 함께 계시다고 하셨죠. 다음달까지는 꿈에 오실 수 없어도 해 안으로는 오신다고, 여전히 저를 사랑하신다고, 지혜롭게 살아갈 수 있도록 도와주신다고 하셨죠.

어머니, 지난 한 주는 어떠셨어요. 어제는 오랜만에 우리 세 식구 함께 외출했지요? 저 일하는 데 같이 다녀오셨어요. 경기도 성남으로 다녀오는데, 비교적 무난했어요. 오랜만에 제 생각대로 되어진 것 같아요. 요즘 제 생각대로 되어지는 일이 종종 있네요.

어제 시장 야채가게 앞을 지나오다 보니 오이며 가지 호박 등이 많이 나와 있더군요. 분명히 너무도 친근한 것들이지만, 어쩐지 낯설게 느껴졌어요. 예전에 어머니가 이것저것 사다 맛있는 반찬 해주시던 생각을 하니, 저도 모르게 눈물이 났어요. 이제는 먹어볼 수 없겠죠? 다시 먹어보지는 못한다 하더라도, 어머니가 계셨으면 좋겠어요.

오늘은 토요일이라 사무실 나녀옵니다. 집에 혜정이 혼자 있으니 오셔서 같이 계셔주세요. 사랑해요, 어머니.

2013년 10월 5일 (오전 10시 22분)

불효 천 올림

 2013. 10. 6

배우는 퇴장할 때를 알아야 해. 제때에 퇴장하지 못하는 것은 자신과 연극을 망치는 일이야.

[편지]

어머니 전상서

사랑하는 어머니, 불효 천입니다. 오늘도 편히 지내고 계신지요.

어머니, 어제 오후에 사무실 다녀왔어요. 10월의 햇볕이 꽤나 따갑더군요. 하늘에 구름 한 점 없이 날도 초여름만큼이나 더웠어요. 스티커가 든 꽤나 무거운 가방을 메고 걷자니 이마에 땀이 흐르더군요.

어머니, 저는 바람에게 물어보았어요, 어머니가 무슨 죄를 그리 많이 지으시어 부모 복에 남편 복 자식 복까지 그리도 없으신지, 그렇게 평생 고생만 하시다 가셨는지. 바람은 항상 우리 곁에 머물고 있으니 다 알고 있겠지요. 바람이 얘기하더군요, 그건 모두 너의 죄라고, 너의 불효를 모두 어머니가 안고 가신 거라고. 저는 다시 물어보았어요, 그러면 나를 데려가야지 왜 죄 없는 어머니를 데려가느냐고, 불공평하지 않느냐고. 바람이 다시 대답했어요, 그건 어머니가 원치 않으신다고…

오늘은 일요일이라 집에 있어요. 오셔서 같이 계셔주세요. 사랑해요, 어머니.

2013년 10월 6일 (오전 9시 39분)

불효 천 올림

2013. 10. 7

[편지]

어머니 전상서

사랑하는 어머니, 불효 천입니다. 오늘도 편히 지내고 계신지요.

어제 선풍기를 정리해 넣었어요. 피맺힌 여름이 갔군요. 다시 이러한 여름을 맞게 된다면, 저는 아마 달아나고 싶을 겁니다. 선풍기도 무엇을 아는지, 안 들어가려 애쓰는 것 같았어요. 해정이와 둘이 겨우 집어넣었어요. 바닥에 놓였던 자국만 남았네요. 천천히 사라지겠죠.

어제저녁 이상한 평화가 찾아왔어요. 괜히 기분이 좋아진 듯, 참으로 오랜만에 마음이 편안했어요. 하지만 저는 믿지 않았어요. 무슨 연유인지는 모르나, 오래가지 않을 거라 생각했어요. 어머니가 살아오신 것도 아닌데, 그럴 까닭이 없거든요. 그리고, 예상대로였어요. 제가 이 세상에서 평화는 무슨… 기대를 버린 지 오랩니다.

어머니, 오늘은 혼자 일하고 오겠습니다. 집에 오셔서 해정이와 같이 계셔주세요. 사랑해요, 어머니.

2013년 10월 7일 (오전 9시 09분)

불효 천 올림

내가 편안하지 못하면 어머니가 편안하지 못하신 거야. 내가 불안하면 어머니에게 그대로 전달되는 것이야. 집에 와서는 항상 웃었어야 했어. 그러나 나는 많이 웃지 못했어.